존 버거의 글로 쓴 사진

JOHN BERGER
PHOTOCOPIES

존 버거의 글로 쓴 사진

김우룡 옮김

열화당

이 책의 대부이자 첫 편집인이었던
『프랑크푸르터 룬트샤우(Frankfurter Rundschau)』의
볼프람 쉬테에게

차례

PHOTOCOPIES

사진 마리사 카미노

[1]

자두나무 곁의 두 사람

저녁 일곱시 노란색 차 한 대가 집 옆에 와 멎었다. 프랑스 우체국에서 쓰는 밴과 같은 색의 차였다. 스페인 번호판을 달고 있었다. 보닛 한 부분에 테이프가 땜질한 것처럼 붙어 있었다. 테이프 역시 노랗게 칠해져 있다. 하지만 색이 달라 금방 눈에 띄었다. 차가 멎은 곳은 아무도 차를 세우지 않았던 곳이었다. 세울 수 있는 곳이었다. 세우지 못하게 막은 일도 없었다. 그렇지만 이제까지 누구 한 사람도 그 자리에 차를 대려고 하지 않았다.

흰 단추가 달린 먼지투성이 검은 웃옷에 청바지를 입고 있었다. 스페인의 갈리시아에서 온 여인이었다.

꼭 한번 본 적이 있었다. 마드리드에서 오 분간 만났었다. 강연을 위해 갔는데, 끝나자 서른 안팎의 이 여인이 다가와 둥글게 만 갈색 종이 한 장을 건네주었다. 선물이에요라고 말했다. 종이를 풀어 그림을 봤다. 교회의 벽화를 복원한다고 했다. 석고 밑에 숨어 있는 그림은 물을 바르면 흰 석고가 지워지고 원래의 색이 나와요, 하지만 마르면 남아 있는 석고 때문에 희끗하게 보이지요. 손톱에도 그 흰색이 묻어요. 여인이 벽화 복원에 대해 말하는 동안, 나는 여인의 옷에 그리고 손등에 남아 있는 그 희끗한 흔적을 보는 듯했다. 내가 말을 건네기도 전에 여인은 혼자 사라져 갔다.

좀 시간이 지난 다음, 나는 그 그림을 찬찬히 보았다. 물고기의 세계에 관한 것이었다. 고맙다는 말을 전하고 싶었지만 이름도 몰랐고 그림에 씌어 있는 서명 역시 알아보기 힘들었다. 성은 C로, 이름은 M으로 시작하는 것 같았다.

그 이름도 몰랐던 벽화 복원가가 예고도 없이 지금 도착한 것이었다. 이제야 이름을 제대로 알 수 있었다. 우리는 이런저런 얘기를 했다. 갈리시아, 농민들, 파울 클레, 카셀 도쿠멘타 전시회 등등. 무슨 특별한 것은 하나도 없었다. 딱히 그런 얘기를 하러 온 것은 아닐 터였다.

물고기들의 세계를 그려 놓은, 어쩌면 동물들의 세계를 그려 놓은 그녀의 그림처럼, 여인은 온 것이다. 동물들과 살고 있었다. 여러 동물들. 그녀는 그들의 비밀을 알고 있었다. 그들 사이에는 전혀 비밀이 아닌, 우리에게만 비밀인 그 비밀을 말이다. 그녀가 동물들을 택한 것이 아니라 동물들이 그녀를 찾아온 것이라고 나는 믿고 싶어진다. 동물들이 그녀 안에서 살고 있는 것이므로 그게 맞을 것이다. 그녀 안에 깃들인 것이다. 그녀 안에 숨어서 지금 테이블에 앉아 있다.

마치 콩팥이나 식도, 쓸개를 몸 속에 지니고 사는 것처럼 그들과 함께 산다. 이를테면 그녀의 몸이 수술대 위에서 절개되는 일이라도 일어난다면, 동물들은 더 이상 그녀 안에서 살 수 없게 될 것이다. 숲의 나무가 베이고 나면, 더 이상 곰이나 여우, 딱따구리를 볼 수 없는 것처럼 말이다.

동물들은 오고 간다. 그녀는 그 도착과 떠남을 일일이 알고 있다. 그들은 안달하고 충동질한다. 그러면서 그렇지 않은 체한다. 그녀의 기교이자 그들의 기교이기도 하다. 그녀의 살갗 밑에서 그들이 연출하는 기교인 것이다. 테이블에 앉아 서로 마주 보면서 내게는 이런 생각들이 들었다.

동물들이라니? 누군가 그녀에게 물으면 그들이 대답하지 못하게 막을 것이다. 인간만 빼면 모든 동물은 신중하다. 그들은 결코 자신들이 누구인지를 내보이려 하지 않는다. 그녀는 이런 그들의 신중함을 존중한다. 흉내내기까지 한다. 그녀의 손가락에서 나는 그런 신중함을 볼 수 있었다.

검은 옷의 그녀는 테이블에 앉아 커피를 마시고 있었다. 깨끗이 감은 머리였다. 하지만 미용실에는 여러 해 동안 가지 않은 머리로 보였다. 만약 사람으로 다른 생에 태어났다면, 아마도 그녀는 말들을 돌보고 (아니면 훔치고) 있지 않을까. 말을 타고서 또 다른 말들을 이끌면서 숲 저쪽으로 사라져 가는 그런. 말과 함께 사는 사람들처럼 늘씬하고 강건한 몸을 지니고 있었다. 하지만 이번 생의 그녀는, 손수 만든 종이에 신비한 그림들을 그리고 벽화를 복원한다. 그리고 지금 그녀 가까이 있는 동물은 말과(馬科)와는 전혀 다른 것들이다.

이번 생의 동물들은 아마도 족제비과일 것이다. 검은 꼬리의 족제비, 도무지 생각지 못한 곳으로 다니는 겁 많고 예민한 담비! 놀이가 아닌 생존으로서의 숨바꼭질을 하며, 너무 재빨라 살아 있는 먹이를 통째로 삼킬 수 있고, 감정가들이 귀히 여기는 흰 뱃가죽을 지니고 있으며, 속도를 내거나 방향을 틀 때 또 숨을 때, 몸을 물결치듯 움직여야 한다는 것을 뱀에게서 배우는 그런 동물들.

저녁을 함께 먹었다. 밖에서는 세차게 비가 내리기 시작했다. 자고 가라고 말했다. 씻을 곳과 잘 방을 안내했다. 지나치다 말고 멈춰 서서 부엌 벽에 걸린 그림을 쳐다본다. 그리 골똘히 보는 것 같지는 않았다. 인물들이 그려져 있고 그 주위에 글이 적혀 있는 그림이었다. 세 명의 복수의 여신에 관한 비극 『에우메니데스 (Eumenides)』와 「요한복음」에서 따온 글, "내 평화를 너희에게 주노니 세상이 주는 것과 다르다. 괴로워 말고 두려워 말라" 였다.

아무 말도 하지 않았고 아무 반응도 보이지 않았다. 가만히 얼굴을 돌릴 뿐이었다. 그녀가 얼마나 이 문구들에 익숙한가를 그저 몸 전체에서 알 수 있을 뿐이었다. 어떤 동작도 어떤 제스처도 없었다. 무시한다고 여겨질 정도로 관심을 거두는 모습이었다.

밤새도록 비가 내렸다.

다음날 아침, 그녀는 카셀로 가야 한다고 말했다. 떠나기 전, 사진 한 장 찍을 수 있을까요? 하고 말한다.

함께 부엌에서 커피를 마시고 있었다.

내 카메라 봤나요? 그녀가 묻는다.

아뇨.

어젯밤에 못 보셨어요?

그녀는 문가에 놓여 있는 배낭으로 다가갔다. 배낭 옆에 조그만 상자 하나가 있었다. 그건 은색으로 된 것이어서 진작 내 눈에 띄었던 상자였다. 수리공들이 가지고 다니는 도구함 크기였다. 검은 테이프를 발라 틈을 막아 놓았다. 뭘 넣어 두고 있을까는 생각지도 않았었다. 아마 그림물감. 아니면 사과. 그도 아니라면 샌들이나 선탠 로션.

최초로 만들어진 카메라, 원형의 카메라와 같은 것이지요. 그녀는 이렇게 말하면서 상자를 내게 건넸다. 가벼웠다. 합판으로 만들어진 것이었다.

여긴 어두워요, 밖으로 나갈까요. 그녀가 말했다.

우리는 테이블이 놓여 있는 풀밭으로 나가 자두나무 곁에 섰다. 그녀는 구름 낀 하늘을 올려다보았다. 노출 시간, 이 분에서 삼 분 사이. 크게 외치듯 말하더니 테이블 위에 카메라를 조심스럽게 놓았다. 상자 긴 면의 가운데에 마치 뾰루지나 화상에 붙여둔 것처럼 직사각형의 흰 반창고가 붙어 있다. 반창고에는 검은 테이프로 테두리가 되어 있었다.

그녀의 조심스런 손가락이 그 흰 반창고 조각을 젖혔다. 작은 구멍이 드러났다. 그러고는 내 손을 잡아 끌었다.

우리 둘은 카메라를 마주하고 거기 서 있었다. 물론 우린 조금씩 움직일 수밖에 없었다. 그러나 바람에 흔들리는 자두나무보다야 덜했다. 이삼 분은 그렇게 흘러갔다. 우리가 거기 서 있는 동안 우리는 빛을 되비췄고 우리가 되비춘 빛은 저 검은 구멍을 통해 어두운 상자 안으로 들어갔다.

우리 모습이 나올 거예요. 그녀는 그렇게 말했고 나는 기다렸다.

15

[2]

무릎에 개를
올려놓고 있는 여인

머릿속에 떠오르는 안젤린은, 늘 생각해 오던 대로 아주 자존심이 강한 사람의 모습이다. 젊은 날의 그녀 모습을 떠올려 보려고 애쓰지만 잘 되지 않는다. 또한 그녀가 세상을 떠났고, 그런지 이미 삼 년이 지났음을 받아들이려 애쓰지만 그것 역시 쉽지 않다.

그녀가 나를 계속 바라보고 있다. 그녀는 나를 보면 늘 즐거워했고 내가 의도하지 않았을 때일수록 더 재미있어 했는데, 세상에 없는 그녀가 지금 커다랗게 웃고 있다. 비록 소리는 나지 않지만! 무슨 장난을 할 것인지 마음먹은 눈치였다. 잠이 오지 않는 밤, 다음 날 아침 해야 하는 거짓말에 대해 혼자 비밀 계획을 세우곤 했는데 장난이란 바로 그런 것 중의 하나였다. 능청스레 지난 밤 단 한 번도 눈을 감아 보지 못했다고 말해야 하는 그런 장난.

안경을 벗으면, 엄격하던 눈이 이내 경이에 가득 찬 눈으로 바뀌곤 했기 때문에, 내가 그녀를 젊은 사람으로 기억해낼 수 없다는 사실이 잘 설명되지 않는다. 한번은 내게 부어 오른 무릎에 약을 발라 달라고 청한 적이 있었는데, 무릎과 허벅지가 마치 젊은 신부의 그것처럼 부드러웠다. 땋은 머리를 풀기라도 할 때면, 하얗게 세긴 했지만 숱이 풍성한 머리가 어깨까지 내려오곤 했다. 혹 드물게 그녀에게 입맞춤이라도 하는 날에는 ―이를테면 신년 인사로― 다른 사람들이 보지 못하도록 나를 구석으로 끌고 가곤 했다. 이런 여러 기억에도 불구하고 나는 그녀를 젊은 사람으로 기억할 수가 없다.

생각건대 그녀의 상복이 아마 그 이유인 것 같다. 상복을 입고 있으면 ―그녀는 삼십 년 동안 ㄱ걸 입고 있나― 젊음은 영원히 가려진 채로 있게 된다. 언젠가 길에서 결혼 행렬 때문에 차들이 멈춰 섰을 때, 자전거를 타고 있던 어느 남자가 한 말이 기억

난다. 창문가에 이불을 한아름 안고 있는 젊은 여자가 보이면 신혼이라는 뜻이며, 도끼로 땔나무를 패고 있는 늙은 여자가 보이면 그건 홀로 된 여자라는 뜻이라고 그 남자는 말했었다.

안젤린은 어려운 처지에도 불구하고 늘 행복했다. 숲에서 죽어 넘어진 나무를 땔감으로 가득 주워 돌아올 때, 그녀는 행복했다. 여러 사람이 있는 곳에서는 웃지 않으려고 애썼다. 상복에 어울리지 않았기 때문이다. 자신이 다른 사람을 웃게 만들 때 은밀한 행복감을 느끼곤 했다. 그리고 그녀의 말에는 타의 추종을 불허하는 재치가 있었다. 방금 들은 말을 마치 칼로 자르듯이 싹둑 잘라내어 그걸로 되받아치는 작전을 구사했다. 화면에 지스카르 데스탱이 나오면 주머니에 숫염소 똥을 넣어 두고 있네 하고 말하는 식이었다.(이 전직 대통령은 종종 염소로 희화화된다―역자) 일요일을 제외한 매일 아침, 그녀의 부엌으로부터 터져 나오는 우체부의 웃음소리를 나는 한참 동안 들어야 했다. 때때로 나와 함께 있을 때 그녀는 웃기도 했다. 예수도 마리아도 요셉도 다 바보예요. 이렇게 말하곤 했다.

그녀의 상복은 남편을 위한 것이기도 했지만, 그보다는 이십대 초반의 나이에 교통사고로 돌아간 아들을 위한 것이었다. 그녀는 그때의 고통―그녀는 이 고통을 삼십 년 동안이나 껴안고 있었다. 고통이야말로 아들로부터 자신에게 남겨진 모든 것이었기에―을 통해 고통받는 모든 사람들과 연대감을 가지게 되었다. 병든 사람들을 찾았다. 남겨진 유족들을 찾았다. 그녀의 고통은 다른 사람들의 고통을 찾아갔고 서로 의지하여 함께 설 수 있게 만들어 주었다.

지난 밤 텔레비전에 나온, 굶어 죽는 사람들이 있는 나라에 돈을 보내려면 어떻게 해야 하냐고, 여러 번 내게 물어 온 적도 있었다.

동시에 그녀는 사치에 관한 깊은 이해를 가지고 있기도 했다. 염소 세 마리에, 돈은 세어 볼 수 있을 정도이고, 사는 곳이 열다섯 평도 안 되었지만, 마음속으로는 사치를 즐길 수 있었다. 게으르게 빈둥거린다는 말이 그녀가 가장 사랑스럽게 던지는 나무람인 점에서 이것을 알 수 있었다. 그녀는 자신의 개와 염소들을 보며 빈둥거린다고 나무랐다. 내게도 그럴 위험이 있다고 말하기도 했다. 안젤린이 젊었던 때, 그 시절의 가장 큰 사치가 다름 아닌 빈둥거림이었다.

미키마우스를 본떠 이름 지은 미키라는 이름의 개가 있었다. 요란스럽게 움직이면서도 천진한 검은색의 작은 개. 도무지 몸집이 자라지 않는 개였다. 야단을 치면서 바깥에서 키웠다. 아플 때면 그녀가 한 주에 두 번씩 윤이 나게 닦아 두는 스토브 아래 숨어들곤 했다. 그러나 다른 개에게 물리기라도 하는 날에는 마치 오디세우스를 간호하는 칼립소처럼 개를 무릎에 놓고 간호했다.

그런 안젤린이 나와 장난하기 위해 이 아침이 오는 것을 기다린 것이다.

테이블에 던져진 주사위처럼 계획 없이 우연히 만들어진 것처럼 보이는 마을들이 있다. 하지만 좀더 분명한 이유를 지니고 이루어진 마을도 있다. 두 계곡이 만나는 곳 혹은 강폭이 좁아지는 곳 등의 입지가 그것이다. 그러나 무언가를 뽐내기라도 하려는 듯, 처음 시작에서부터 또 그 마을이 앉은 자리에서부터, 능숙한 솜씨에 의해 만들어진 것처럼 보이는 마을도 있다. 날카로운 안목에 의해 만들어진 듯한 마을 말이다. 우리 마을이야말로 이런 종류의 마을에 속한다.

마을은 실제보다 더욱 행복해 보인다. 교회의 첨탑은 아름답다. 묘지는 마치 그 위에 자리한 발코니처럼 보인다. 길 위쪽으로 조금 물러서 있는 마을 사무소는 삼색기를 날리며 마치 성채의

자태로 당당히 서 있다. 레쀠블리캥 리르를 포함해 층계참을 통해 입구에 다다르는 두 개의 카페가 있다. 그리고 그 뒤의 언덕으로는 마치 커다란 녹색 극장의 특별석들처럼 밭이 이어져 있다.

오늘 아침, 겨울 햇빛을 받으며 마을로 다가가면서 나는 이런 생각들을 하고 있었다. 마을은 근년 들어 많이 바뀌었다. 그러나 겨울 햇빛 아래 멀리서 보면, 마을은 이 세기가 시작되던 때의 모습 그대로일 것이다. 오늘 아침 갑자기 마을은 내게 그렇게 보였다. 그 이전에 무수히 보아 온 모습과 완전히 달랐다. 마을은 신비한 약속들로 가득 차 있었다.

마을 교회에서 결혼할 거예요. 아이들은 마을의 학교에 다닐 거고요. 남편은 해마다 봄이 오면 3월 14일에 맞춰 신부님께 축복을 받기 위해 암말을 몰고 나가겠지요. 순간 나는 그녀의 소리 없는 웃음을 들었다. 마을을 보고 있었던 사람은 바로 그녀였고, 그녀는 나로 하여금 자기 눈을 통해 마을을 보게 했다. 젊은 날의 눈을 통해 보게 해준 것, 그것이 그녀가 지금 웃는 까닭이었다.

[3]

오마 가는 길

잭 예이츠의 그림 중에, 한 여인이 순종말을 안장 없이 타고서, 서커스단 천막 입구에 등을 구부리고 앉은 광대와 얘기를 나누는 그림이 있다. 그림에는 〈은밀한 멋진 대화〉라는 이름이 붙어 있다.

잭 예이츠가 노년을 보내고 있을 때, 나는 그와 하루 저녁을 함께 한 적이 있었다. 위스키와 함께 많은 얘기를 나눈 잊지 못할 저녁이었다. 당시에는 그럴 필요가 있으리라 생각지 못했으므로 물어 보지 못했지만, 삼십 년이 흐른 지금(살아 있다면 백스물다섯이 된다) 내가 어느 버스 여행에서 경험한 일에 그 이름을 붙이게 해 달라고 청한다면, 잭은 아마도 허락해 주리라.

더블린에서 데리까지 가는 버스는 성수기가 아니면 하루에 두 대밖에 다니지 않는다. 아일랜드의 오른쪽 어깨를 종단하는 노선이다. 우리가 버스에 올랐던 12월의 그날은 가랑비가 뿌리고 있었고 연도의 석벽과 들판의 소들은 물에 젖어 있었다. 우리는 자리에 기분 좋게 몸을 묻고 앉아, 박하사탕을 빨면서 어제 날짜의 파리 신문들을 읽고 있었다. 그녀가 버스를 탄 곳은 캐슬블래니였다. 비닐 백 하나를 들고 통로를 지나 여러 빈 자리들 중 한 곳에 앉았다.

특이한 표정의 얼굴이었다. 어떤 동물, 아니 어떤 동물을 그린 그림을 연상시키는 얼굴이었다. 복음서의 성 마르코와 동반자로 나오는 사자를 그린 그림일지도 몰랐다. 그 사자의 표정에서 우리는 미소와 고통, 그리고 조롱을 동시에 읽을 수 있다.

버스는 다시 출발했다. 시간이 조금 흐른 후, 우리 일행이 프랑스말로 얘기하는 것을 들은 그녀가 이쪽으로 몸을 돌려 물었다.

대체 어느 나라에서 온 거죠?

작은 키에 통통한 몸집이어서 우리를 보려면 몸을 돌려 통로 쪽으로 완전히 내밀어야 했다.

여기 사람들이 아니죠? 외국에서 온 거죠? 계속 물었다.

푸른 눈동자의 의외로 밝은 눈이었다.

데리에 가는가 보죠. 나는 오마 가는데. 휴간가요?

데리에 연극 관계 일이 있어요.

어유! 나도 연극하러 가는데! 이쪽으로 와 같이 앉아요.

몸을 움직여 옆자리를 내주었다. 나는 그녀 옆자리로 옮겨 앉았다. 캐슬린이라 했다. 어떤 연극을 하느냐고 물었다.

꼬마 적엔 〈크리스마스 캐럴〉에서 아기 예수 역을 했죠. 두 해 전엔 맥베스 부인 역을 했고요.

맡은 역들이 전혀 다른 것이군요. 그래, 배우가 되고 싶어요?

아마 그 순간, 내가 좀 눈치가 없다는 사실을 알아차린 모양이었다.

미용사 하려고 해요.

오마에서?

아뇨. 학교가 오마에 있어요. 주말에 집에 들렀던 거고요. 나 열여섯밖에 안 돼요. 더 들어 보여요?

조금.

그럴 거예요.

형제는 몇이나 돼요?

다섯이요. 하지만 아빠들이 달라요. 지금 아빠 빌이죠. 엄마보다 연하예요. 엄만 지금 아기를 가졌어요.

출산이 언제?

4월이에요. 난 빌이 맘에 들어요. 편해요. 나도 아기를 가진걸요.

그렇게 보이네요.

난 5월이에요.

같은 병원에서 출산?

23

물론이죠. 거기 간호사들이 맘에 들어요. 누가 알아요, 날짜 계산이 잘못돼서 같은 날 낳게 될지.

엄마하고 같이?

그럼요.

아기 아빠 누군가요.

그 애요, 그 앤 아길 원치 않아요. 지워 버려! 이렇게 말했죠. 그 따위 소린 듣고 싶지도 않았어요. 난 아길 원했고 아긴 지금도 여기 있죠. 그 앤 가 버렸고 지금은 내 친구 중 제일 늙다리와 살고 있어요.

저런, 못돼먹은 친구로군. 내 대꾸.

겨우 열일곱인걸요. 불쌍한 놈. 난 애가 있으니까 행복해요. 애들을 많이많이 낳고 싶어요. 언니 주려고 산 생일 카드 한번 볼래요?

비닐 백에서 봉투 하나를 꺼내더니 내게 건넸다.

아마 선물을 안 산 걸 알면 화를 내겠지요. 사실 책을 한 권 사주려 했는데요. 로디 도일의 최신작 같은 것 말이죠. 근데 돈이 없어요. 카드로 만족해야죠, 안 그래요? 빨리 열어 보세요. 빨리.

흰 장미가 한 송이 그려진 아래에, 캐슬린이 딜드라에게라는 글이 씌어 있었다.

언닌 집에 있어요. 나보다 열 살 많죠. 집에만 박혀 있어요. 소설을 쓴다나요.

나는 캐슬린에게 박하사탕 하나를 권했다.

내리깐 눈을 빛내면서 묻는다. 담배 펴도 될까요?

나는 그녀의 배를 가리킨다.

손으로 내 팔을 잡으며 보챈다. 알아요, 안다구요, 마지막 주에는 끊을 거란 말이에요. 애니라고, 언니 소설에 나오는 여자 주인공이 있어요. 강간당해 아기를 배죠. 아버지뻘 되는 남잔데요, 그

24

치가 애를 떼려고 애니를 아래층으로 던져 버려요. 애니는 가만히 쓰러져 죽은 체했죠. 남자가 애니 위로 몸을 구부리고 살피자 꽉 쥐어 버렸어요. 어딘진 아시겠죠? 짐승처럼 울고불고할 때까지 땡기고 땡기고 또 땡긴 거죠. 그 순간 남자의 또 다른 여자가 현관으로 들이닥쳐요. 둘은 담판을 하게 되죠.

딜드라 자신 얘기 아닌가요? 내가 주변머리 없이 끼어들었다.

어유, 세상에 그런 말이 어딨어요. 절대로 아니에요. 언니 어렸을 때 아빠—아까 말한 대로 내 아빠완 달라요—가 언니 데리고 장난 좀 친 거밖엔 없어요. 진짜예요. 그것밖엔 없어요. 불쌍한 딜드라. 언닌 귀머거리예요. 하나도 듣지 못하죠. 절벽이에요.

태어날 때부터?

교통 사고였어요…. 난 그때 캘리포니아에 있었고요.

캘리포니아?

지금 우리 폼나는 얘기하고 있는 거죠, 그렇죠? 그녀가 말을 끊었다.

캘리포니아 어디쯤이었던가요?

오클랜드에서 북쪽으로 오십 마일 가면 로디라는 곳이 나와요. 데리에는 한시에 도착하는 거죠?

함께 다시 볼 수 있도록 장미 카드를 들어서 펼쳐 보였다.

오후에 머리를 감을 거예요. 머리를 더 길러도 될까요, 어때요?

그래요, 길러요.

싫어요, 여름에 긴 머리는 더워요. 혼잣말처럼 하면서 좌석 앞 그물주머니에 카드를 끼워 넣었다. 장미는 어떤 색깔을 좋아해요?

장미? 흠, 글쎄….

선 아저씨! 편한 대로 하세요. 내가 아저씨를 이리 불렀잖아요. 아마 친구들이 못마땅해 할 거예요. 친구들 쪽으로 돌아가도 괜

25

찮아요.

생일 카드를 만지작거렸다.

기숙사에서 실라와 한 방을 쓰죠. 걔도 임신 중이거든요. 그래서 약속을 했죠, 하루는 내가 또 그 다음날은 실라가 모든 일을 하기로요. 오늘은 걔 차례예요. 그래서 난 오늘 머리 감고 텔레비전을 보고 또 대사 외려고 맘먹고 있어요. 〈크리스마스의 영혼〉에 출연해요.

그러면서 배를 톡톡 두드렸다. 포동포동한 손이었고 손톱에는 이빨로 깨문 자국이 남아 있었다.

내년에는 연극 못 할 것 같아요. 애 봐야죠. 내 대사 첫 머리 한 번 외워 볼까요?

해 봐요.

"한번만 손을 대 보게 해줘요." 그러면서 그녀는 내 심장 가까이에 손을 갖다댔다. "훨씬 나아질 거예요. 어머 입술이 떨리고 있군요. 볼은 왜 그렇죠? 지나간 날들의 흔적일 뿐이에요."

인적 없는 길가에 작은 집이 한 채 서 있고 그 문간으로 버스가 멎더니, 두 늙은이가 장바구니를 들고 서로를 잡아 주며 내리고 있다. 문간에서 기다리던 개가 장바구니를 향해 뛰어오른다.

캐슬린과 나는 한동안 말이 없었다.

나도 귀가 먹었어요. 캐슬린이 입을 열었다.

설마.

딜드라만큼은 아니지만요. 한쪽 귀만 먹었죠. 아저씨 쪽이 성한 귀예요. 보청기가 있긴 하지만 안 하고 다니죠.

그것도 교통사곤가요?

비슷하죠. 일 년 전쯤 금요일 밤, 취해서 정신 없이 헤매고 다녔죠. 트럭에 치었어요. 팔도 부러졌고요.

소매를 둘둘 말아 올리더니 어깨에 난 긴 흉터를 보여주었다.

아들이면 캐빈, 딸이면 세라라 부를 거예요.

검진한 의사가 아들인지 딸인지 말해 주지 않았나요?

물어 보지도 않은걸요. 신비 같은 게 있는 게 좋잖아요. 이름 어때요. 캐빈, 세라?

버스는 오마에서 두 번 정차했다. 두번째 정류소에 닿자 캐슬린은 그물망에 넣어 둔 장미 카드를 챙긴 후 일어서더니, 한마디 말도 없이 통로를 걸어 나갔다.

나는 학교인 듯한 건물 쪽으로 난 가파른 길을 올라가는 그녀를 보고 있었다. 무거운 몸이었다.

그녀는 이렇게 말할 것이다. 실라, 나 오늘 버스에서 외국서 온 아저씨 만났다. 엄청 길게 얘기했다!

그 아저씨가 네 말을 믿던?

캐슬린은 끄덕일 것이다. 미소와 고통과 조롱이 함께 섞인 얼굴로.

[4]

라코스테 스웨터를 입은 남자

그는 제일 나중에 방으로 들어왔다. 키 크고 마른 체구의 사십 대 중반 남자였다. 안경을 끼고 있었는데, 금세 그 눈빛을 느낄 수 있었다. 흔치 않은, 날카로우면서도 예민한 눈빛이었다. 밀리 미터 단위로 사물을 파악하는 사람이리라. 악수를 나누면서 보인 환영의 미소 역시 감정을 적확하게 드러내고 있었다. 그저 인사 하는 것과 감사를 표하는 것, 또 감사를 표하는 것과 커다란 만족 감을 드러내는 것의 차이를 정확히 알고 있었다. 그는 인사의 뜻 으로서의 미소를 지어 보였다. 우리가 만난 처지가 그로 하여금, 집처럼 마음 편히 생각하라는 말을 덧붙이지 못하게 했다.

우리는 테이블에 둘러앉았다. 창이 없는 방이었다. 다른 두 죄 수는 그보다 젊었는데, 각각 리유니언 섬과 마르세유 출신이었 다. 우리는 각자 소개를 끝낸 후, 가지고 간 책을 크게 읽기 시작 했다.

감금은 세상과의 교류를 최소화하는 것을 목적한다. 그리고 이 것은 목소리에도 영향을 미친다. 책을 읽을 때 우리의 목소리는 죄수들의 그것과 달랐다. 우리가 내는 목소리는 창 밖으로 내다 보이는 제비의 비행처럼 날아올랐다. 아마도 그런 목소리가 우리 가 읽어 주던 얘기보다 더 흥미로웠으리라.

감옥 안에서, 소리는 마치 배의 화물칸에서처럼 크게 울린다. 흡수하거나 완화하는 것이 없기 때문이다. 죄수들처럼 소리도 프 라이버시가 없다. 따라서 꼭 들어야 할 것이 없는 한, 대부분의 시간은 귀를 막고 산다. 반면, 일단 듣기 시작하면 아주 민감하게 듣는다. 세 남자는 우리 목소리를 듣고 있었다.

감방 문 너머에는 간수가 벽에 기대서서 만화책을 보고 있었 다. 그는 목소리를 낼 필요가 없었다 허리띠에 묶인 고리에는 삼 백 열세 개의 구녕주렁 달려 있었다.

우리가 읽는 것은 연애소설이었다. 열정과 범죄, 심문과 꿈, 죽음과 용서의 이야기. 저 먼 대도시의 얘기였다.

리유니언 섬 젊은이는 얼굴을 찌푸린 채 등을 구부리고 앉아 있다. 마르세유 남자는 도시를 향해 혼자서 차를 몰고 가는 것처럼 몸을 뒤로 기대고 있었다. 문득 안경 쓴 남자가 입은 스웨터에 새겨진 녹색 라코스테 악어 마크가 눈에 띄었다. 명민한 인간이다. 우리가 읽어 가는 사이, 마치 인사가 감사로 바뀌고 있는 듯이 고개를 끄덕이곤 했다.

바깥 세상에서는 잘 언급되지도 또 존경받지도 못하는 하나의 천재성이 감옥 안의 상상력을 지배하고 있다. 죄수들이 이 천재성에 투입하는 상상력의 가치와 위치는 저마다 다르다. 하지만 모든 상상력은 스스로를 이 천재성과 동일시한다. 탈출에 요구되는 천재성, 탈옥에 '성공한' 몇 안 되는 이들의 천재성이 그것이다.

한 세기 전에 감화원을 설계하던 제도판부터, 새롭게 설치되는 비디오 카메라까지, 감방 문 앞 쇠 바닥판에서부터 전자경보 시스템까지, 간수들의 강박적인 의심에서부터 교도소장들의 클라우제비츠 전쟁론식 훈련에 이르기까지, 이 모든 것은 탈출을 생각지 못하도록 기획되고 운용된다. 낮과 밤은, 탈출을 아예 생각할 수 없도록, 일상적 혹은 가학적인 일깨움에 의해 체계적으로 점철되어 있다. 하지만 끊임없이 탈출만 생각하고 있는 사람들도 있다. 그 사람들 중 몇몇은 생각을 행동으로 옮기려고 시도한다. 그리고 그 중의 극히 적은 사람들은 기적적으로 성공하기도 한다.

한 죄수가 탈옥에 '성공하면', 안에 남은 사람들은 마치 위대한 예술작품을 말하듯 그 위업에 대해 얘기하고 또 그것을 꿈꾼다. 그렇다, 그건 걸작품이다. 상상력과 독창성, 극기와 끈기, 계획과 집중에 있어 이 업적은 도나텔로가 제작한 피렌체 성당 제의실의

청동문들과 또 셀로니어스 멍크가 연주하는 「에피스트로피」에 비견된다.

감옥 건물을 들어섰을 때, 금속 탐지기와 감방에 닿기 전, 한 여간수가 십여 대의 비디오 스크린을 지켜 보고 있는 사무실이 있었다. 그녀는 여러 카메라들을 마음먹은 대로 화면에 불러낼 수 있었고 하루 종일 지켜 보고 있었다. 운동하는 남자, 자는 남자, 일하는 남자, 창살을 붙잡고 있는 남자, 똥 누는 남자, 담배 피는 남자, 기다리는 남자, 얘기하는 남자, 남자들. 그들 모두를 볼 수 있다. 전화기 곁에 경보 벨이 장치되어 있었다. 그녀는 몇 분 간격으로 그들의 행동을 감시한다. 그녀가 알 수 없는 것은 그들이 나누는 말뿐이다.

감옥 안의 모든 얘기처럼 우리가 읽어 주는 얘기 역시 순간적인 탈출의 수단을 제공한다. 얘기를 듣는 시간만큼은 언덕을 날아 넘는 것이다.

우리가 읽어 주고 있던 얘기 속에는 줄거리와 긴장감, 대화뿐 아니라 저기 바깥 세상의 일상에서 일어나는 모든 것이 있었고, 그것들은 여기 이 안에는 존재하지 않는 것들이었다. 창 없는 방에서 듣는 그 얘기는 산, 고요, 춤, 어느 길을 따라 내려갈까의 선택, 사생활과 그것이 주는 친근감, 어디서 무엇을 먹을까의 결정권, 무심하게 창문을 여는 일, 기차를 타거나 목욕을 하는 일, 아무도 들여다볼 수 없는 문들, 이런 모든 것을 떠올리게 한다.

우리가 잠시 읽기를 멈추자, 그 안경 쓴 남자는 손을 새의 날갯짓처럼 허공으로 뻗치면서 말했다. 훌륭하군요. 아름다운 상상력이군요. 정말 멋져요.

우리는 읽기를 계속했고, 세 남자에게 여러 가지를 계속 생각나게 했다. 나서 끝까지 읽지도 못했는데, 간수가 들어오더니 마치 감옥 시간을 모르는 게 아니냐는 듯 손목시계를 들어 올린다.

시간이 다 됐다.

읽어 주신 얘기 고마워요. 리유니언 섬의 젊은이가 말했다.

안경 쓴 남자가 내게로 다가왔다. 아까보다 좀더 주인으로서의 태도를 보이고 싶어했다. 마치 어딘가 딴 곳에서인 것처럼, 이를 테면 정원 입구인 것처럼 부드러운 목소리로 말했다. 다시 뵙기를 바랍니다…. 다시라니, 어디 또 다른 감옥에서?

나는 고개를 끄덕였다.

간수는 세 사람을 복도로 데리고 나갔다. 안경 쓴 라코스테 스웨터의 남자가 몸을 돌려 희미하게 손을 흔들고 있었다.

[5]

유모차의 여인

런던 옥스퍼드 광장. 때는 구십년대의 어느 하루. 정확한 나이를 가늠하기는 어려웠지만 아마 마흔다섯쯤 되었을까. 여인은 슈퍼마켓에서 몰래 빼낸 듯한 쇼핑 수레에 소지품을 싣고 천천히 포도를 따라 가고 있었다. 마치 아이가 실려 있는 유모차를 내려다보듯, 고개를 약간 숙인 채 수레를 밀었다. 수레 속의 소지품은 비닐 봉지에 담겨 있다. 머리에 스카프를 둘렀는데 그 위로 또 털모자를 썼다. 러시아말로 샤프카라 불리는 모자였다. 털이 듬성듬성 빠진 모자였다. 누빈 윗도리에 바지, 그 위로 흙빛의 인조털 코트를 걸쳐 입고 있는 여인은, 멀리서 보면 마치 에스키모 같다. 신발만은 에스키모와 달리 미국 스타일의 운동화를 신고 있었다. 돌아가신 나의 어머니가 한동안 지내셨던 핼럼가(街) 근처 뉴캐번디시 거리의 쓰레기통에서 여인이 주운 것이었다.

런던 지하철역에 새로운 설비가 들어섰다. 승객이 앉아서 기다리던 벤치들을 없애고 대신 비스듬히 서서 몸을 지탱할 수 있는 일종의 횃대 모양의 버팀대를 설치한 것이다. 노숙자들이 더 이상 벤치에 누워 잠들 수 없도록 한 탁월한 구상이었다. 여인은 이제 밤이면 역의 아스팔트에 두꺼운 판지를 깔고 옷을 입은 채 잠이 든다. 어머니도 그러셨지만, 밤이면 발이 부어 오르기 때문에 신발 끈은 느슨하게 풀어 두어야 했다.

한낮이다. 옥스퍼드 광장 너머 보행자 구역에는 비둘기들이 수백 마리씩 모여 있다. 샤프카를 쓴 여인이 모습을 드러내자마자 비둘기들이 종종걸음으로 날아오르면서 여인 쪽으로 몰려든다. 여인은 모티머가(街)의 한 식당에서 얻어 온 묵은 빵을 검은 비닐 봉지에서 꺼내더니 잘게 부수어 비둘기들을 향해 뿌려 주었다.

비둘기들이 여인의 팔 위로 날아올라 앉고 어떤 놈들은 머리 위에서 맴돌며 날았는데 대부분은 땅에 떨어진 빵 조각을 쪼아대고 있었다. 여인은 때때로 무심한 듯 부스러기 빵 조각을 자기 입으로 가져가곤 했다.

어렸을 적, 집 뒤뜰엔 새들이 멱 감을 수 있게 돌로 된 확이 놓여 있던 기억이 난다. 혹독히 추웠던 어느 겨울, 당시 지금의 저 여인 나이 또래였을 어머니는 매일 아침 은자작나무 사이로 내린 눈을 헤치고 뒤뜰로 나가, 돌확의 꽁꽁 언 물 위에 빵 조각을 놓아 두셨다. 마테를링크가 그랬던 것처럼, 어머니 역시 새들은 죽은 이들이 전하는 소식을 가져온다고 믿고 있었다.

여인은 새 한 마리를 손에 올려놓더니, 머리를 흔들고 팔꿈치로 쳐내면서 다른 새들을 쫓았다. 여인이 가슴께로 올려 안은 그 새는, 털이 군데군데 빠지고 탁구공보다 좀더 작은 둥근 머리는 털이 반쯤 벗겨져 대머리가 되어 있었다. 빵 부스러기를 주었으나 받아 먹지 않았다. 여인이 다른 비닐 봉지에서 무언가를 뒤적이며 찾는다. 그것은 우유가 조금 담긴 아기 젖병이었다. 비둘기의 입을 벌리더니 부리 속으로 몇 방울 떨어뜨려 넣었다.

날마다 옥스퍼드 광장으로 오기 전, 여인은 하루도 빠짐없이 이 대머리 비둘기의 젖병을 준비했고, 다른 비둘기들에게 빵 부스러기 모이를 준 후엔 어김없이 이 대머리에게 우유를 먹였다.

옥스퍼드가(街)에 쇼핑 나온 한 무리의 사람들이 멈추어 서서 샤프카를 쓴 이 여인을 바라보고 있다.

노숙자 여인이 그 대머리 새에게 말했다. 글쎄, 두터운 벽 너머에 숨겨져 있는 것을 저들이 볼 수 있을까. 하지만 이 풍요한 정원을 꼭 보고 싶어한다면 보도록 내버려 두지 뭐.

어머니의 목소리였다.

[6]

틱을 괴고 있는 젊은 여자

그녀는 사람들로 가득 찬 방을 마치 라벤나의 테오도라 여제처럼, 거의 비잔틴식의 거만함이라 할 만한 태도를 보이며 들어섰다. 그녀 같은 사람에게 늘 요구되듯이, 예의에 벗어나는 행동은 아예 가능성마저 없애 버려야만 자기 방어를 유지할 수 있음을 그녀는 잘 알고 있었다. 그녀는 표정과 자세에서 실수 없이 그런 가능성을 배제하고 있었다.

그녀 같은 사람이라고 말한 것은, 그녀가 음악가이고 이주민이었기 때문이다. 또한 춤을 출 때 허리에서 늘어뜨린 길고 무거운 스커트의 모습이 성경이 씌어지던 먼 옛날을 생각나게 했고, 여성들의 세대가 끝이 없이 이어질 것임을 상기시켰기 때문이다.

우크라이나 시골 출신인 할머니가 그녀를 키웠다. 그녀는 할머니로부터 닭 잡는 법, 거위 키우는 법, 그리고 활동적인 아버지와 어머니를 돕는 법을 배웠다. 아버지는 연주회 첼리스트였고 어머니는 피아니스트였다.

그런 할머니의 보호와 교육 아래, 그녀는 겨우 열두 살에 한 원로의 신임을 얻게 되었다. 그리고 열세 살 때는 첫사랑을 만나게 된다.

할 얘기를 많이 가지고 있는 여자였다. 자신과 할머니의 얘기가 끝이 없었다. 재미있는, 사실인 것 같은, 혹은 사실이 아닐 것 같은 얘기들. 그 얘기들은 모두, 마치 혹독한 겨울을 나는 새들처럼, 어떻게 하든 간에 입에 풀칠을 하지 않으면 안 되는 사람들이 살아가는 세상을 말해 주고 있었다. 그 중에는 까마귀도 있고 되새도 있다. 마치 수프에 넣을 감자를 벗기는 늙은 여인처럼 등을 구부린 채 그런 사람들에 대해 말하고 있었다. 그녀의 웃음은 ― 상대방이 웃을 때만 비로소 웃는데― 가볍고 낭랑했다.

그녀가 베토벤의 후기 소나타 중 한 곡에 몰입할 때면, 상기된 얼굴로 농부처럼 땀을 흘렸다. 이제 나는 그 소나타의 열정을, 건초

가 말라 가면서 풍기는 것 같은 그녀의 땀 냄새와 따로 떼어서는 결코 생각할 수 없을 것이다.

그녀가 연주를 마친 직후에 내가 그녀를 그리기 시작한 적이 한 번 있었다. 피아노 뚜껑은 열린 채로였고 그 곁에 앉아 있었다. 눈을 긴장시킨 채 나는 기다렸다. 그리기의 충동은 눈에서보다 손에서 온다. 마치 저격수처럼 오른팔에서부터 오는 것이다. 나는 때때로 모든 것은 겨냥의 문제가 아닌가 하고 생각한다. 피아노 소나타 작품번호 110 역시도.

그녀는 왼쪽 눈을 이따금 두리번거려 균형을 깨뜨린다. 이 약간의 비대칭의 순간이야말로 내게는 가장 소중했다. 내 목탄 조각으로 무리 없이 그 순간에 닿을 수 있다면, 그리고 그 순간을 붙잡을 수 있다면….

내가 그녀를 그리고 있음을 그녀는 물론 알고 있었다. 내 겨냥과 마주치기 위해 그녀는 무언가를 내보내고 있었다. 그녀가 보내는 것이 내 겨냥을 벗어나지 않고 닿으면 좋은 그림 하나가 생기게 될 것이다.

대상과 닮게 그리는 것이 인물화의 조건이라고는 결코 생각지 않는다. 닮을 수도 닮지 않을 수도 있지만, 여하튼 그것은 신비로 남는다. 이를테면 사진의 경우 '닮음'이란 없다. 사진에서 그건 질문조차 되지 않는다. 닮음이란 생김새나 비율의 문제가 아니다. 그것은 아마도 두 손가락 끝이 만나는 것같이 두 방향에서의 겨냥이 그림에 포착된 것이리라.

점차 그녀의 얼굴과 비슷하게 되어 갔다. 하지만 나는 결코 제대로 닮은 모습으로 그려낼 수는 없을 것임을 알고 있었다. 그림을 그릴 때 종종 그런 것처럼, 그녀를, 그녀의 모든 것을 사랑하게 되어 버렸고, 내가 아무리 잘 그린다 해도 그것은 하나의 흔적 이상이 될 수 없음을 알았기 때문이다.

그녀는 거기 그렇게 앉아서, 시계를 조금 더 오래 쓰려고, 잠들기 전에 집 안의 모든 시계를 멈춰 두는, 어느 어리석은 마을 사람들의 우스운 얘기를 내게 해주었다.

그림이 진행돼 가면서, 나는 또 다른 어떤 것이 이루어지고 있음을 느끼기 시작했다. 종이에 그리고 고치는 낱낱의 자국들이 그녀가 태어나기 전에 그녀에게 상속된 유산처럼 여겨진다. 그리는 행위는 지난 시간을 들추어내는 작업이다. 그리고 그 흔적들은 염색체처럼 유전된다.

정확히 그 느낌의 순간, 그녀가 말했다. 당신을 내 양아버지로 삼고 싶어요.

턱을 괸 손을 그렸다.

거의 전체를 문질러 지운, 이윽고 이제 다 됐다고 나를 바라보는 초상 비슷한 것이 그려졌고, 나는 그녀에게 그것을 건넸다.

처음엔 테오도라 여제처럼 그림을 바라본다. 그림을 찬찬히 본 후엔 완전히 그녀 자신으로, 그 스물한 살의 여자로 돌아갔다.

가져도 될까요? 그녀가 묻는다.

그럼, 아니쉬카.

이틀 후 그녀는 그림을 가지고 오데사로 돌아갔고, 나는 이 포토카피를 남겼다.

[7]

가죽옷에 경주용 헬멧을 쓴 채 미동도 없이 서 있는 남자

가와사키 TT1 모터사이클을 타는 영국 개인 팀 페이즈 원 인듀런스는 올 초 리지에서 열린 스물네 시간 연속 레이스에서 우승했다. 세계연속레이스협회에 의하면 팀의 첫번째 레이서인 사이먼 버크매스터는 현재 세계 삼위에 랭크되어 있다. 오늘 저녁을 기해 일위로 올라설 수도 있을 것이다. 스티브 맨리와 로저 베넷이 그의 동료 레이서들이었다.

이제 경기 네 시간째다. 맨리가 레이스 중이고 베넷이 교대하기 위해 피트에서 기다리고 있다. 조종하고 기어오르고 질주하는 그곳에 베넷은 경기 시작 후 이제 두번째 나가는 셈이 된다. 지금 페이즈 원 팀은 일곱번째로 달리고 있다. 날씨는 더웠고 가죽을 통으로 이어 만든 경기복은 허리께까지 열어젖혀져 있다. 사람들은 존경심으로 아무도 그에게 말을 걸지 않는다. 기도하고 있는 사람에게도 말을 거는 것에 비춰 보면 그보다 더한 존경이다.

모든 것을 걸기 위해서는 모든 접촉을 끊어야 한다. 그리고 저 바깥에 나갈 때 엄습하는 고독에 의해 힘이 빠지지만 않는다면, 빨리 그 고독 속으로 들어가야 한다. 몸에 물을 끼얹고 자리에 앉는다. 머리를 회전시켜 목 근육을 풀고, 급유소조차 없이 침과 아드레날린을 조절해야 하는 뇌 속 시상하부를 안정시킨다.

그는 따로 떨어져 있다. 열세 번의 굴곡과 두 번의 지그재그가 있는 트랙이, 자유자재로 매듭을 묶고 풀 수 있는 실 한 오라기처럼, 그의 머리와 팔에 기록되어 있다. 마치 먼지를 떨듯 두 다리를 흔든다. 한 바퀴마다 스물여섯 번씩의 굴곡 지점에서, 안장 위에서는 허리를, 아스팔트 위에서는 무릎을 잘 처리해야 한다. 아무도 그에게 말을 걸지 않는다.

같은 레이서 친구 하나가 말없이 다가와 베넷의 손바닥에 물집이 생기지 않도록 주의 깊게 테이프를 감아 준다. 친구가 떠나가자 베넷은 그 테이프를 풀고 스스로 다시 감는다.(나는 벙어리 털

실 장갑을 끼고 바흐를 연주하는 글렌 굴드를 떠올린다) 귀에 마개를 꽂는다. 헬멧을 쓴다. 헬멧을 쓰는 이 순간 이미 출발은 이루어졌다.

정비공들은 유압 잭을 대기시키고 바퀴 두 개를 교환하기 위해 준비하면서 급유 탱크를 체크한다. 베넷은 이제 타게 될 모터사이클의 형상을 품고 있는 듯한 운전 자세로 급유소 차선에 쪼그리고 앉아 있다. 이제 잠시 후면, 저 5번 차는 내 것이 될 것이다. 오 하느님.

일반인들이 들어오지 못하도록 쳐 둔 그물망 저편에 한 젊은 여인이 어린아이를 안고서 말한다. 저기 아빠! 아이는 바라보지만 제 아빠를 알아채지 못한다.

맨리가 들어왔다. 그리고 짧게 한마디만 한다. 레이서들은 저 교대선에서는 반드시 필요한 말만 하게 된다. 베넷이 멀어져 갔다.

맨리가 헬멧을 벗었다. 작은 소녀 하나가 아빠! 하고 외친다. 얼굴이 붉게 상기되었고 긴 머리는 땀으로 젖어 있다. 스물다섯 바퀴를 돌고 난 레이서들이 늘 그런 것처럼 눈 주위가 일시적으로 변형되어 있다. 뺨의 피부는 뒤로 당겨지듯 밀려나 있으며 눈꺼풀 역시 온전하지 않다. 그물망 쪽으로 가 장갑을 벗어, 가지고 놀도록 딸아이에게 준다.

왼쪽 어깨의 흰 가죽 조각이 거칠게 벗겨져 있다. 몇 달 전 넘어져 쇄골 골절을 입은 부위다. 손으로 아내 얼굴 쪽의 그물을 부드럽게 만지면서 얘기하기 시작한다.

바깥으로는 헬멧을 벗고 나오기 때문에 자연히 할 얘기가 많아진다. 아내를 따라가 임시 샤워를 한다.

버크매스터가 세번째 주행을 위해 기다리고 있다. 혼자 있다. 베넷이 두카티 팀에게 추월당했다. 하지만 두카티 팀이 제대로 속도를 유지하지 못하리라는 소문이 벌써부터 돌고 있다. 버크매스터는 헬멧을 썼다. 그리고는 절벽 끝에서 바다를 바라보고 있는 작은 바닷새처럼 미동도 없이 서 있다.

베넷이 굉음을 울리며 들어왔다. 이십 초 후 버크매스터의 굉음이 떠났다. 땅거미가 깔리고 있었다.

팀 천막에서 팀의 어머니 역할을 하는 여인이 불로뉴 소스를 곁들인 파스타 요리를 준비하고 있다. 스피커에서 전복 사고 두 건이 전해진다. 첫번째로 가던 3번 스즈키, 그리고 바로 그들의 5번 모터사이클이다.

어떻게 된 걸까? 아무도 모른다. 레이스 사고일 뿐. 소포클레스는 기원전 450년경 이렇게 썼다.

"매 바퀴를 돌 때마다 오레스테스는 안쪽 말고삐를 조금 죄고 바깥쪽 말고삐를 늦추어 간발의 차이로 바퀴가 기둥을 빠져 나가도록 기술적으로 조종했다. 불운한 그는 단 한번 실수했을 뿐이다. 마지막 바퀴에서 말이 굴곡 지점을 완전히 빠져 나가지 못한 상태에서 고삐를 늦추었고 전차는 기둥을 들이받았다. 바퀴는 부서져 잘려 나갔고 그는 울타리 너머로 날아가 꽂혔다."

거기서 살아 나오다니, 거긴 나쁜 지점인데, 시속 이백사십 킬로미터로 달리고서도 살아 나오다니 운이 정말 좋아. 차양 아래 있던 한 정비공이 말했다.

스즈키의 레이서인 그라치아노가 급유소 쪽으로 모터사이클을 끌고 왔다. 5번은 경기를 포기했다. 사이먼 버크매스터는 날아가 꽂힌 자리에서 움직이지 못했다 병원으로도 옮겨졌으나, 의사들은 그의 망가진 다리를 살릴 수가 없었다. 무릎 아래에서 잘라야 했다.

43

[8]

바위 아래 개 두 마리

토니오는 내 가장 오랜 친구 중 하나다. 우리는 거의 반세기 동안 서로 알고 지냈다. 지난 해 함께 건초를 옮긴 어느 더운 날, 목이 말라 음료수와 커피를 마시면서 그에게서 들은 얘기다.

이제 내가 아는 한, 소몰이꾼 안토닌은 딱 두 번 눈물을 흘린 셈이 된다. 결혼은 했지만 아내와 함께 있는 시간은 드물었다. 그렇게 보면 소몰이꾼의 삶은 군인과 비슷하다. 그의 아내가 죽었을 때, 안토닌은 내게 처음으로 눈물을 보였다. 그리고 이번이 두 번째다. 다음은 토니오가 들려준 얘기다.

토니오는 마드리드 북쪽 엘 레켄코 계곡에서 안토닌을 처음 만났다. 안토닌은 거기서 소를 치고 있었다. 전에 그 둘은 전혀 몰랐던 사이였다. 이 지방의 상세 지도를 펴 보면 계곡의 남쪽 사면으로 작은 네모 표시 아래에 '카사 토니오(토니오의 집)'라는 건물 이름이 있는 것을 발견할 수 있다. 토니오는 이 집을 짓느라고 삼 년을 보냈다. 집이라기보다는 오두막에 더 가깝긴 하지만 말이다. 깨진 바위가 널려 있는 사이로 너도밤나무들이 군데군데 서 있는 해발 천 미터의 산록에, 그 집은 마치 기대어선 무덤처럼, 혹 테이블의 끝에 웅크려 앉은 사람처럼 그렇게 서 있었다. 비탈의 아래쪽에 피아트 밴을 대 놓고 자신의 오두막을 향해 올라가는 토니오를 멀리서 보면 영락없는 성 히에로니무스의 모습 그것이었다. 세상에서 떨어져 사는 모든 은둔자들이 그렇듯, 길고 여윈 다리에 불가하게도 무릎을 늘 둥글게 구부리고 걷곤 했다. 오두막 주위에는 양봉장을 보호하기 위해 오래 전에 돌로 쌓아 올린 높이 사 미터가량의 돌담이 쳐진 우리가 있었다. 매년 5월이면 벌통을 가득 실은 트럭이 먼지 날리는 길을 달려와 이 돌로 만들어진 우리 안에 벌통들을 내려 놓는다. 벌들은 거기서 두 달 동안 꿀을 만든다. 이 일만 빼면 계곡에서 볼 수 있는 것이라곤 양이나 염소, 도마뱀뿐이었다.

5월이면 힐로 나무가 꽃을 피운다네. 변변찮은 관목이지만 흰 꽃이 지천으로 필 때면 계곡은 마치 눈이 내려앉은 것 같다네. 하늘로부터 내려온 만나를 떠올리게도 하지. 토니오는 이렇게 말하곤 했다.

오두막을 지은 뒤로 토니오는 이 엘 레켄코 계곡의 그림을 많이 그렸다. 깨져 나간 바위, 너도밤나무, 드문드문 보이는 잔디들, 말라서 바닥을 드러낸 여울 들을 화폭에 담았다. 그가 그린 검은 화폭엔 이 지역의 굴곡진 땅의 모든 것이 마치 고대의 커다란 거북등을 연상시키듯 표현되어 있었다. 하늘 높은 곳에서는 독수리가 맴을 돌았다. 그림을 그릴 때면 그 희미한 울음소리가 들리곤 했다. 그 소리는 마치 땅에 있는 먹잇감들을 격려하면서 그 마지막 신음소리를 흉내내는 것처럼도 들렸다.

엘 레켄코에서 소를 치려면 반드시 소몰이꾼이 필요했다. 작은 키에 땅딸막한 체격의 안토닌은 낡은 트럭 타이어를 잘라 만든 샌들을 신고 있었다. 지천으로 널린 염소 똥을 한없이 밟고 지나갔을 타이어였을 것이다. 글을 전혀 읽을 줄 몰랐던 안토닌은 말하는 방식 또한 제멋대로였다.

그가 '엄청난 물' 이라고 말하면 그건 폭풍우 때 내리는 억수 같은 비를 의미했다. 거무스름한 모자를 쓰고 다녔는데, 그 옛날 솔로몬이 왕관을 썼을 때의 자부심을 보는 듯했다. 오랜 동안 소들과만 지내 왔던 안토닌에게 '카사 토니오' 는 잊어버린 옛 풍경을 엄숙하게 되돌이켜 주는, 사진틀 속의 사진처럼 멋진 집이었다.

둘 모두 서로 지나치게 가까워지지 않으려 무진 애를 썼다. 벌통이 놓여 있던 테라스에 앉아 담배를 피거나 산록에서 본 것들을 주섬주섬 얘기하며 물을 마시거나 하는 것이 전부였다. 가끔 함께 앉을 때면 계곡 아래를 바라보며 욕지거리를 뱉곤 했다.

하루는 토니오가 감자와 베이컨으로 식사를 준비하고 있는데 안토닌이 우연히 들렀다. 토니오는 그에게 함께 식사하자고 권했다. 그저 별 생각 없이 초대한 것이다. 어젯밤에 오소리를 봤다고 얘기를 건네는 것만큼이나 가벼운 초대였다. 안토닌은 모자를 벗고 고개를 숙이는 것으로 그 초대에 응했다. 토니오는 데리고 다니는 개 두 마리는 밖에 놔 두고 들어오라고 안토닌에게 손짓했다.

그러나 안토닌이 그 집에 있는 유일한 방의 문턱을 넘자마자, 그 둘 모두 전혀 예기치 못했던 일이 일어났다. 그 방안은 한 사람에게는 눈을 감고도 익숙한 분위기였지만 다른 사람에게는 전혀 색다른 세계였다. 토니오는 테이블에 접시를 놓고 나이프와 포크를 가지런히 놓았으며 그 옆에는 잔을, 또 그 옆에는 포도주 병을 놓았다. 그리고 빵도 내왔다. 안토닌은 이런 것에 전혀 익숙지 못했다. 어색한 듯 의자에 뒤로 기대어, 동물 우리와 개울, 또 토니오에겐 낯선 이름들에 관해 가끔 한마디씩 떠듬떠듬 말했다. 하지만 마치 이발소에서 머리를 깎는 사람처럼 대체로 아무 말 없이 조용히 앉아 있기만 했다.

토니오가 토마토를 쪼개 그 위에 올리브 기름을 몇 방울 떨어뜨렸다. 밖에는 안토닌의 개 두 마리가 바위 그늘 아래 앉아 있었다. 마침내 토니오도 자리를 잡고 앉았고 안토닌은 두 사람의 잔에 포도주를 따랐다. 이것만 빼면 다른 모든 접대는 주인인 토니오가 한 셈이다.

맛있는 식사였다. 식사 도중 때로 의자에 등을 기대고 얘기를 나누기도 했다. 음식을 다 먹고 이번에는 함께 포도주를 마셨다. 창 밖으로 보이는 새벽의 더위는 잔인할 정도였다. 식사가 다 끝났다. 이윽고 안토닌이 자신의 모자를 챙겨 썼다. 꼬박 십 분간을 주머니에 손을 넣어 머뭇거리던 그가 천 페세타짜리 지폐 한 장을 꺼내더니 정중하게 테이블 위에 놓았다.

이런! 이게 무슨 짓인가요. 이러지 말아요. 즐겁게 한 초대에 이러면 안 돼요. 토니오가 소리를 질렀다.

평생 이런 식사는 처음이었소. 마치 고급 레스토랑에 온 기분이었소. 엄숙히 선언하듯 안토닌이 말했다.

집어넣어요. 내 기쁜 마음에 침을 뱉는 격이오. 토니오가 또 고함을 질렀다.

이런 제기랄…. 안토닌은 입 속으로 말을 삼켰다.

토니오가 손을 저으며 안토닌 쪽으로 돈을 밀었고 안토닌은 마지못해 다시 집어넣었다. 그리곤 모자를 벗더니 그 자리에 가만히 섰다. 두 팔을 땅딸막한 몸에서 약간 떼어 벌리고, 왼쪽 손가락에 불 안 붙인 담배를 끼운 채 오른손에는 모자를 들고 있었다. 미동도 없이 선 그의 볼에, 눈물이 타고 내렸다.

안토닌을 마주 보고 선 토니오의 눈에서도 눈물이 흘러내렸다. 두 사람 모두 눈물을 감추지 않았다. 개들이 물끄러미 안을 들여다보고 있었다. 주인은 등을 돌리고 서 있고, 또 다른 사람은 마치 소금 병을 찾아 주기라도 하려는 듯 엉거주춤 서 있었다. 꽤 긴 시간이 흘렀다. 가만히 선 두 사람은 움직이지 않았다. 이윽고 두 사람 모두 천천히 팔을 들어 올렸다. 그리곤 서로를 껴안았다.

[9]

르 코르뷔지에가 지은 집

내 친구 앙드레는 이제 파리 근교 불로뉴 빌랑쿠르의 집을 떠나려 한다. 지나 온 세월, 그의 머리에서 이 집의 이미지가 잊혀졌던 적은 한시도 없었다. 실제로 지난 이십오 년간을 이 집에서 살기도 했다. 하지만 이제 이 집은 다른 사람의 소유로 넘어갔다. 어느 미국 변호사가 사 버린 것이다.

또다시 '에땅'이군! 이번이 내 백스물네 번 이송의 종지부가 되겠지. 앙드레가 말했다. '에땅'은 러시아어로 '이송(移送)'이란 말이다. 러시아 죄수들은 다른 강제수용소로 옮겨 갈 때 이 말을 썼다. 죄수들이 가장 무서워하는 것이 바로 이 에땅이있는데, 수용소에서는 다반사로 이루어지는 일이었다. 실제로는 이미 가 본 곳이 더 힘들 수 있는데도 죄수들은 처음 가는 곳을 더 무서워했다. 이미 한없이 소진된 몸은 새로운 환경에 노출될 경우 치명적일 수 있었다. 이송이 거듭될수록 그나마 남아 있던 삶의 정체성은 부수어지고 쪼개졌는데, 그런 후 다시 어렵사리 조합되고 수정되어야 했다.

불로뉴 빌랑쿠르의 집을 비우라는 통지를 처음 받았을 때, 앙드레는 집에 틀어박혀 나오지를 않았다. 반항을 택한 것이었다. 거리에 면한 무거운 철문 곁에 짧은 자루가 달린 러시아제 삽을 하나 기대어 놓았다. 이런 보잘것없는 연장에도 수없이 많은 목이 베여 나가는 것을 난 보았다네. 앙드레는 그렇게 말했다.

수년 동안 저항했다. 그런 후 마침내 맘을 바꿔 먹었다. 저쪽 사람들이 불시에 들이닥쳐, 아직도 집에 머물고 있는 그를 보고, 홧김에 물건들을 다 부숴 버릴 수도 있다는 데 생각이 미쳤던 것이다. 값나가는 물건들은 아무것도 없었다. 죄다 허드레 쓰레기들이지. 하지만 내겐 부스러기 하나까지도 소중하기 그지없다네. 앙드레는 가늘고 다감한 눈을 찡긋하면서 내게 말했다.

이사 준비가 마치 탈주 준비 같아. 아무리 작은 것 하나라도 소중하지 않은 것이 없어. 이렇게 말하면서 앙드레는 매일매일 서류뭉치, 헝겊 조각, 책, 그림, 편지, 신문 스크랩, 어디에서 떼어낸 것인지는 하느님만이 아실 부속품, 그의 어머니가 한때 좋아했던 그리스 물병처럼 생긴 플라스틱 올리브 기름통, 이런 모든 잡동사니들을 번호를 매긴 판지 상자에 쌌다. 러시아 수용소 시절, 이송이 예상되면 가지고 있던 모든 것을 지니고 탈주하기 위해 이와 똑같은 식으로 준비하곤 했다 한다.

앙드레는 실제로 여덟 번을 탈주한 사람이다. 시베리아 콜리마 감옥에서 여덟 번의 탈주는 아주 드문 기록에 속한다. 이번 불로뉴 빌랑쿠르에서의 탈주는 아홉번째가 될 것이다. 대충 떠올리는 그런 관광 여행이 절대 아니라네. 전화선 저쪽 끝에서 앙드레는 이렇게 말했다. 그가 옮겨 갈 곳은 오층에 위치한 가로 오 미터, 세로 삼 미터의 방 한 칸짜리 숙소였다.

이제 비워야 하는 이 집은, 저명한 건축가 르 코르뷔지에가 앙드레의 어머니 베르테와 조각가인 그의 의붓아버지를 위해 1923년에 지은 것이다. 짙은 유리벽의 스튜디오와 콘크리트를 개어 만든 편평한 지붕 등, 지금 보면 마치 주유기를 떼어 간 지가 한참 된 폐주유소같이 보인다. 어쨌거나 이젠 미국 변호사의 소유물이 되어 버렸다.

그 집에는 모딜리아니가 1917년에 그린 앙드레 어머니와 의부의 초상화가 있다. 모스크바 출신의 베르테는 화면 오른쪽에, 자크 립시츠는 왼쪽에 그려져 있다. 그 초상에서 나는 베르테의 눈이 앙드레의 가느다란 눈과 닮았음을 본다.

낯선 이에게는, 앙드레가 작년에야 은퇴한 르노 자동차 외판원처럼 보일지 모른다. 일흔여덟이지만 어기히 기운이 고 씬씽하니 나이에 비해 젊다.

집 안에 들어서면 거실로 올라가는 나선형의 층계가 있다. 첫

번째 방이 어렸을 적 앙드레의 키에 맞춰 만든 침실이다. 지금 그
침대 머리맡에는 헤세의 소설에 나오는, 눈 속에 서 있는 '황야의
이리'를 묘사한 그림이 걸려 있다. 내 초상이지. 이리를 향해 머
리를 앞으로 끄덕이면서 앙드레가 농담처럼 말했다.

아마 이게 마지막 이송이겠지. 그러고 보니 내가 처음으로 이
송될 때가 생각나는군. 그땐 옮겨 가는 것이 뭔지도 몰랐을 때였
지. 열네 살 때였어. 파리 북역에서 기차를 탔지. 루나차르스키와
함께. 바로 그 소비에트 인민교육상 루나차르스키 말이지! 어머
니가 주선해 주셨어. 기차가 베를린을 떠날 때쯤이었지. 교육상
이 데리고 다니던 정부(情婦)가 잊고 있었던 쇼핑 품목을 갑자기
생각해낸 거야. 베를린에서 속옷 한 벌을 사려 한 걸 잊었던 거
지. 오! 비밀의 세상이여. 난 그때 같은 칸에 있었어. 그녀가 자리
에서 벌떡 일어섰지. 그리곤 비상정지용 줄을 힘차게 잡아당겼
어. 기차가 헐떡거리면서 멈추더군. 남자들은 여자가 돌아올 때
까지 카드를 하면서 기다렸지. 그런 후 삼십일 년이 지난 때였어.
내가 수용소에서 막 석방된 때였는데 루나차르스키도 죽고 난 뒤
였지. 모스크바로 돌아오는 길에 이제는 늙어 버린 그 여인과 우
연히 마주쳤던 거야. 검정색 옷을 입고 있었어.

베를린, 바르샤바, 브레스트리토프스크, 민스크를 거쳐 나는
모스크바에 도착했지. 1927년 11월 7일이었지. 혁명 십 주년의
아침이었어.

군대가 행진하는 것을 보기 위해 곧바로 붉은 광장으로 갔지.
또 난생 처음으로 아버지를 만나기 위해서였기도 했어. 아버지는
장군 복장으로 연단에 서서 군대를 사열하고 있었어. 아버지를
저만치서 쳐다보았지. 그런데 그날 기온이 영하 이십팔 도였어.
춥다는 것 외엔 아무 다른 생각이 들지 않더군. 마치 파리 시내로
나들이를 가는 것처럼 차려 입고 있었던 거야. 얇은 윗도리에 반

바지, 그 위에 짙은 상아빛 단추가 달린 멋진 흰색 레인코트를 걸치고 두꺼운 고무 밑창이 달린 신발을 신고 있었어. 눈에 금방 띄었지. 금방 얼어 죽을 것 같았어.

연단 아래 있던 몇몇 장교들이 나를 불쌍하다는 듯 쳐다보았지. 당시 나는 러시아어를 거의 못 했어. 그 중 한 사람이 아버지에게 다가갔고 귓속말로 무언가를 묻는 눈치였어. 방수포로 싸서 내 집으로 데려가! 명령이 떨어졌지. 명령은 그대로 시행되었어. 군용 방수포로 나를 둘둘 감아 사이드카에 싣고는 장군 댁의 현관문으로 날 밀어 넣었지. 그곳 의붓어머니는 처음에 새 카펫이 온 줄 알았지. 그러더니 카펫 안에서 웅얼거리는 소리가 들리지 않았겠나. 그 집에서는 얼마 있지 못하고 나와야 했어. 이 년간을 이리저리 떠돌았는데 1930년 겨울이 가기 전에 나는 이미 인민의 적이 되어 있었던 거야. 아버지 역시 1937년에 숙청되었지.

불로뉴 빌랑쿠르의 집 주위엔 사용하지 않은 석재나 대리석들이 여기저기 흩어져 있다. 립시츠는 1940년 미국으로 떠나 다시는 돌아오지 않았다. 뒷문 곁에는 고양이 사료용 비스킷이 가득 채워진 푸른 에나멜 접시가 늘 놓여 있다. 새들을 위한 거지. 그 놈들이 조금씩 바수어 먹곤 한다네. 저기 벚나무 보이지? 어머니가 돌아가신 다음 해 저절로 자라난 걸세. 생전에 어머니는 거실 창문으로 버찌씨를 뱉어내곤 하셨다네. 유난히 모렐로 버찌를 좋아하셨지.

1946년, 전쟁이 끝나자 베르테는 립시츠에게 뉴욕을 떠나 파리 집으로 돌아가자고 졸라댔다. 어딘가에 아들이 살아 있음을 느껴요. 풀려나면 반드시 파리의 불로뉴 빌랑쿠르 집으로 나를 찾아올 거예요. 그때 내가 거기 없다면 우린 이 세상에선 영영 못 보게 되는 거예요. 베르테는 그렇게 말했다 한다.

마침내 그녀는 혼자 돌아왔고, 앙드레가 그 집으로 돌아와 그 옛날 소년적 치수에 맞춰 만든 방에서 다시 잠드는 것을 보기까지, 십사 년을 기다려야 했다. 그때 앙드레의 나이 마흔다섯이었다. 이십칠 년을 강제수용소에서 보낸 것이다. 그 기간 동안 백스물네 번이나 수용소를 옮겨 다녔다.

아들은 그곳에서 어머니가 세상을 뜰 때까지 돌보았다. 생계는 파리에서 생명보험증권 판매를 하며 꾸려 갔다.

그가 돌아와 맨 처음 한 일은 그물 바구니에 테니스 공 하나를 넣어, 땅에서 이십 센티미터 위에 오도록 나무에 매달아 놓은 일이었다. 어머니가 기르는 고양이들의 놀이 기구였다. 그 바구니는 아직도 매달려 있다.

박스를 꾸리던 앙드레가 수채화 한 점을 발견했다. 팔을 쭉 펴서 그 그림을 바라본다. 그릴 당시에 생각했던 것보단 나은걸. 이거 줄까? 앙드레가 말했다. 수채화에는 알프스의 여름과 양치기 오두막 하나가 그려져 있었다. 바로 내 오두막이었다. 오두막 곁에는 건초 더미가 서 있다. 현지에서 사생한 것이 아니라 아이들처럼 상상으로만 그린 아주 단순한 그림이었다. 그래 좋은데. 날 줘.

이리 내 봐. 사인을 해야지. 종이 뒷면에 크고 성긴 글씨로 앙드레는 이렇게 썼다. "사랑하는 존, 네 알프스 오두막에서 보냈던 1905년의 환상적 8월을 기억하며—앙드레"

쓰면서 자신이 생각해도 우스운지 터져 나오는 웃음을 참으려고 입술을 깨무는 앙드레를 보았다. 1905년이라면, 우리 둘 모두 이송을 경험하기는커녕, 아직 태어나지도 않은 때였다.

[10]

자전거를 탄 여인

부엌 창턱에 놓아 둔 구근이 싹을 뻗어내고 있다. 봄이 오면 감자 싹들은 빛을 찾아 마치 송곳인 양 판지를 뚫거나 심지어는 나무도 뚫고 나간다. 창턱에 놓인 구근이 지난 해 그녀가 보내 준 그것이라면 아마 작은 수선화 모양의 꽃을 피우리라. 손톱 크기보다 작은 꽃들. 죽어 가는 짐승의 냄새와도 같은 달콤하고도 얼얼한 향을 지닌. 북쪽의 꽃. 순록의 꽃.

부엌 찬장에는 역시 그녀가 손수 만들어 보내 준 꿀 케이크가 놓여 있다. 아무도 모를 그녀만의 조리법으로 만들어진, 당밀 파이와 비슷하지만 당밀 대신 꿀과 호두 가루를 섞어 만든 것이다. 헤이즐넛일지도 모른다. 어쨌든 스칸디나비아로 여행하는 사람들이 찾아보기 쉽지 않을 그런 호두이리라.

테이블에는 아프리카 사탕과자가 놓여 있다. 아마 아프리카 것이 아닐지도 모른다. 사탕이 들어 있는 작은 버들고리 궤만이 아프리카 것일지도 모른다.(상자 안쪽에는 우간다산이라는 라벨이 붙어 있었다) 안에 들어 있는 검은색의 부드러운 과자는 일일이 손으로 싼 것으로, 예테보리에 있는 그녀의 부엌에서 만들어진 것이 맞을 것이다.

몇 년 전, 내가 토니 린드그렌(Torgny Lindgren)을 발견한 것도 순전히 그녀 덕분이다. 그녀가 보낸 소포 꾸러미 중에, 내가 읽은 소에 관한 책 중 최고인 『메랍의 미인(Mehrab's Beauty)』이 들어 있었다. 나는 그 이후 린드그렌의 모든 책을 찾아 읽었다. 소포에 함께 부친 편지에 그녀는 이렇게 썼었다.

"덴마크행 기선에 앉아 있어요. 석유 저장소가 늘어서 있는 긴 항구를 지나 예테보리를 벗어나는 중이지요. 모든 것이 변했어요. 보기에 따라서는 내항(內港)은 죽은 것이나 다름없어요. 조선소는 손을 놓고 있고, 전부 개인 소유인 독일과 덴마크행 호텔

급 기선들만 늘어서 있어요. 나는 이런 해상 호텔들이 싫지만 다른 선택의 여지가 없어요. 그리고 난 언제나 공짜로 배를 타요. 떠나기 직전에 자전거를 갖고 티켓 없이 배를 타거든요. 영하 사도의 음울한 날씨에요. 라디오에서 들으니 내가 태어난 저 북쪽은 영하 삼십 도라는군요."

이런 그녀가 4월 어느 오후, 엑스-레-뱅에서 멀지 않은 부르제 호숫가로 난 좁은 시골길에서 자전거를 타고 있었다. 라마르틴(Lamartine)의 시로 유명해진 호수였다.

끝없이 다음 기슭으로 내몰리며,
돌아올 길 없는 영원의 흑암으로 실려 가면서,
이 가없는 시간의 바다에, 우리 단 하루만이라도
닻을 내릴 수 없단 말인가.

대학 도시에서 노교수들이 타고 다니는 것 같은, 허리를 펴고 타는 보통 자전거였다. 실제로 그녀는 교사이기도 했다. 이란과 우간다 난민 학생들에게 스웨덴 문학을 가르쳤다. 그런데 자전거는 약간 변형되어 있었다. 핸들이나 안장, 페달은 그대로였다. 말고삐에서 떼어낸 작은 재갈 조각처럼 생긴 브레이크 장치를 포함하여 모든 부품들 역시 그대로였다. 자전거에 싣고 있는 것 때문에 변형된 것으로 보였던 것이다. 안장 가방이 마치 낙타 허리 살처럼 뒤 흙받이에 늘어뜨려져 있었다. 텐트와 우산, 물병 하나가 뒤 짐칸에 묶여 있었다. 헤드라이트 아래의 앞 짐바구니에는 지도와 로션, 말린 무화과가 든 병부와 빗소, 멍지, 그리고 린드그렌의 새 책 한 권이 들어 있었다.
회색 곱슬머리의 여인은 부르제 호숫가로 난 좁은 시골길에서 천천히 페달을 밟고 있었다. 천천히 그러나 끝없이. 검은 푸조 605 한 대가 자전거를 탄 여인과 같은 방향으로 달리면서 다가왔다. 운전자는 전화를 하고 있었다. 그 남자는 길 너비를 잘못 어림했고 차의 뒷부분이 자전거 안장 가방의 오른쪽을 훑고 지나갔다. 자전거와 사람 모두 길 옆 도랑으로 처박혔다.

차는 서지 않았다. 어떤 무게가 실린 것이라야 사고나 충돌로 기록된다. 아무도 앞 창문에 부딪친 나비 때문에 차를 세우지는 않는다. 차가 받은 충격은 그런 정도밖에 되지 않았다.

여인은 욕을 내뱉으면서 일어나 피해 상황을 살폈다. 자전거 먼저, 그런 다음 자신을. 앞바퀴가 휘었고 페달이 손상되었다. 그녀 자신은 무릎이 약간 베였다. 그녀의 피부는 대리석처럼 매끈했다. 일생에 걸친 바닷물에서의 단련으로 그런 피부를 가지게 된 것이리라. 짙은 피가 흘렀다. 붕대로 무릎을 감고 길가에 앉아 다른 차가 오기를 기다렸다. 빨가게 차였다. 운전수는 그녀를 엔까지 데려다 주었다. 거기서 자전거 수리를 할 수 있었다.

다음 날 아침, 앞바퀴를 새 것으로 갈아 끼고 무릎에는 붕대를 두른 채 북쪽을 향해 길을 떠났을 때, 비가 내리기 시작했다.

마을에 도착한 그녀는 군용 방수 망토 차림이었다. 처음, 그녀의 푸른 눈동자가 인상적이었다. 푸른 눈동자는 검은 눈동자보다 덜 늙어 보인다는 말이 있다. 역경을 지나 온 얼굴이었지만 눈동자는 소녀 같았다. 후에 나는 그녀가 결혼했고 장성한 두 자녀가 있는 것도 알게 되었다. 우리는 그녀의 젖은 옷을 스토브 위에 널어 말렸고 수프와 치즈를 먹었다. 붕대를 푼 무릎에서 작은 상처를 보았다.

사흘이면 나을 거예요. 그녀가 말했다.

밖으로 나가 자전거 앞 바구니를 뒤적이더니 잼이 든 병을 하나 꺼내 들었다.

모과 젤리, 당신 거예요. 이젠 가 봐야겠어요. 하지만 그 전에 조금 걷고 싶어요.

자전거는 층계참에 기대 놓았다. 반시간 남짓 지나자 앵초꽃 한 묶음을 뿌리째 들고 오더니 자전거 앞 바구니에 조심스레 놓았다.

먼 길인데 조금 늦은 게 아닐까요? 내가 말했다.

가끔은 밤에도 타요.

무섭지 않아요?

자전거가 있잖아요!

길을 따라 내려가면서 뒤를 돌아보지 않은 채 손을 흔든다. 천천히 그러나 끝없이 페달을 밟고 있었다. 받지 않고 주고만 싶어 하는 방랑자.

[11]

지하철에서 구걸하는 남자

모든 게 다 시간 문제지요. 그가 말한다.

나는 그를 쳐다본다. 여든여섯인데도 마치 흐르는 세월과 특별한 계약을 맺은 것처럼 나이보다 젊어 보인다. 찌를 듯한 연푸른 눈이었는데, 마치 냄새를 탐색하는 개가 코를 찡그리듯 이따금씩 눈을 찌푸렸다. 그 눈을 바라보는 사람은 스스로가 얼마나 무딘가를 느끼지 않을 수 없다. 숨김없이 드러나 있는 눈이지만, 순결하다기보다는 관찰에 중독된 눈이다. 눈이 영혼의 창이라면, 그의 창에는 유리도 커튼도 없으며, 그는 늘 창틀 곁에 서 있고 어느 누구도 그의 시선이 미치는 곳 너머를 볼 수가 없다.

모네와 르누아르가 여기 이 창으로 보이는 풍경을 그렸다오. 그가 말했다. 두 사람은 바로 아래층 아파트에 살았던 빅토르 쇼케의 친구였지요.

세잔이 초상을 그렸던, 수염을 기른 부드럽고 여윈 얼굴의 쇼케 말인가요? 내가 물었다.

그래요. 그 사람이에요. 세잔은 쇼케의 초상을 여러 점 그렸지요. 이건 모네가 그린 팔레 루아얄의 복제품이에요. 첨탑이 접선보다 더 안쪽으로 돔을 침범해 들어간 것이 보이죠? 여기 이 창으로 보세요. 꼭 같지 않나요? 틀림없이 이 지점에서 그린 거라오…. 나는 이제 사진에는 더 이상 흥미가 없어요.

그가 만일 동물이라면, 아마도 토끼이리라. 늘 어디로든 뛰어나갈 준비를 하고 있다. 도망이나 위장으로서가 아니라 별 생각 없이 장난 삼아 그리 한다. 모든 소리를 수신하는 귀 대신에, 그에게는 그의 눈이 있다. 즐거워하는 눈이다.

사진에서 유일하게 내 흥미를 끄는 것이 있다면, 그건 겨냥이지요, 목표물에 대하 겨냥, 그기 미간 ㅏ.

저격수처럼 말이죠?

궁술(弓術)에 관한 선불교의 논문에 대해 들어 본 적이 있나요? 조르주 브라크가 1943년 내게 그걸 보여주었지요.

초문인걸요.

존재의 상태에 대해, 열려 있는 것과 자신을 잊는 것에 대해 물음을 던지고 있지요.

파인더를 보지 않고는 찍지 않죠?

그래요, 그건 기하학이에요. 위치를 일 밀리미터만 옮겨도 그 배열은 달라져 버려요.

지금 말하는 기하학은 일종의 미학을 말하나요?

전혀 다르다오. 내가 말하는 기하학은 하나의 이론을 논할 때의 수학자나 물리학자가 적확함이라고 부르는 것과 같은 거예요. 적확하게 접근할수록 더욱 진실에 가까이 갈 수 있지요.

그런데 왜 기하학인가요?

황금분할 때문에 기하학을 말하는 거지요. 하지만 계산은 필요 없어요. 세잔이 말했듯, "생각하기 시작하면 모든 것을 잃게 되지요." 사진에서 고려되는 건 충일함과 간결함이라오.

테이블 위, 그의 손이 쉽게 미칠 자리에 작은 사진기가 놓여 있다.

그림으로, 특히 데생으로 돌아가기 위해 사진은 이십 년 전에 접었어요. 그가 말한다. 하지만 사람들은 여전히 사진에 대해 물어 와요. '사진가로서의 창의적 경력'에 내린 상을 몇 주 전에도 하나 받았지요. 그 사람들에게 말했죠, 나는 그런 경력을 믿지 않는다고. 사진은 적확한 순간에 방아쇠를 당기는 일, 손가락을 누르는 일일 뿐이에요.

그는 손을 들어 올려 그 동작을 재미있게 흉내냈다. 나는 어떤 장황한 설명도 거부하고 익살로 가르침을 행하던 선불교의 전통을 생각해내고는 웃었다.

어떤 것도 사라져 없어지지 않아요. 당신이 본 것은 늘 당신과 함께 있어요.

혹시 조종사가 되려 한 적이 있었나요?

이번엔 그가 웃을 차례였다. 내가 바로 짚은 것이다.

르 부르제에 주둔하던 공군에서 복무하고 있었지요. 파리 방향
으로 그리 멀지 않은 곳에 우리 집안에서 하는 회사가 있었어요.
그 유명한 카르티에-브레송 면직물! 그래서 군에서는 내가 부르
주아 출신임을 다 알고 있었지요. 자루 빗자루로 격납고를 청소
하는 일이 주어졌어요. 당시 서류를 작성하는 일이 있었어요. 장
교를 희망하는가? 아님, 학력은? 없음이라고 썼지요. 바칼로레아
에 떨어졌으니까요. 군대에 대한 첫인상은? 그 문항에 대한 답으
로 나는 장 콕토의 시에서 두 줄을 인용했죠.

너무 걱정 마라
하늘은 모두에게 속한 것이니….

내가 얼마나 조종사가 되고 싶어하는지를 잘 표현하고 있다고
생각했지요.

부대장에게 불려갔어요. 도대체 이게 무슨 뜻이냐고 묻더군요.
시인 장 콕토를 인용했다고 말했죠. 콕토가 뭐하는 놈이야? 고함
치더군요. 그리고는 앞으로 정말 조심하지 않으면 아프리카의 힘
든 부대로 전출시킬 거라고 경고했죠. 말은 그렇게 하더니, 실제
로는 르 부르제의 징벌 분대에 보내더군요.

사진기를 집어들더니 나를, 아니 자신의 말대로 내게 아우라가
있기라도 한 듯이, 내 주위를 바라보고 있다.

께데인 후엔 꼬느니부아르로 가 사냥을 해서 생활비를 벌었어
요. 광부처럼 머리에 램프를 달고 밤에 총을 쏘곤 했죠. 아프리카
인 동료와 함께 둘이 같이 다녔지요. 흑수열병에 걸렸어요. 거의

죽을 것이 확실했는데, 능란한 주술사이기도 했던 형제 같은 내 동료 사냥꾼이 약초로 살려냈지요. 지나치게 거만한 백인 여자를 독살해 버리기도 했던 사람이었어요. 그런 그가 날 살려낸 거죠. 내게 생명을 되찾아 준 거죠….

그가 이 얘기를 하는 사이, 유목민과 사냥꾼에 의해 목숨을 구했던, 길 잃은 여행자들에 관해 내가 읽고 들은 얘기들이 떠올랐다. 그들은 변화된 사람으로 다시 태어난다. 비전(秘傳)에 의해 그들은 치료되는 것이다. 이듬해, 카르티에-브레송은 처음으로 라이카 카메라를 구입한다. 이후 십 년이 지나지 않아 그는 유명해진다.

기하학이란, 대상으로부터 오는 것이며, 그것을 보려는 태도를 갖춘 사람에게 주어지는 것이라고, 이제 그는 말한다.

나를 겨누고 있던 카메라를 내려 놓는다.

선생께 여쭐 게 조금 더 있는데, 괜찮을까요? 내가 말했다.

내게요? 힘들군요. 내가 원래 참을성이 없어요.

나는 그냥 밀고 나갔다. 하나의 사진을 찍는 순간, 당신의 이른바 '결정적 순간'은 계산될 수도, 예고될 수도, 사고될 수도 없는 것입니다. 좋습니다. 하지만 그 순간이란 쉽게 사라지는 것 아닌가요?

물론이죠. 늘 사라져 버리지요. 그가 미소지었다.

그렇다면 일 초의 몇 분의 일인 그 순간을 어떻게 압니까.

데생에 대해 말하고 싶군요. 데생은 명상의 한 형태입니다. 데생하는 동안 우리는 선과 점을 하나하나 그려 나가지만 완성된 전체 모습이 어떤 것일지는 결코 장담할 수 없습니다. 데생이란 언제나 전체의 모습을 향해 나아가는 미완의 여행이지요….

그렇군요, 하지만 사진 찍는 것은 그와는 반대가 아닐까요. 사진은, 찍는 순간, 설혹 그 사진이 어떤 부분들로 이루어지는지조차 모르는 경우에라도, 하나의 전체로서의 순간을 느끼게 됩니다. 제가 묻고 싶은 것은 이렇습니다. 그 순간의 느낌은 선생 자신의 모든 감각이 최대한으로 예민하게 가동된 상태, 다시 말해 일종의 제육의 감각—제삼의 눈이라고 그가 거들었다—으로부터 오나요, 아니면 당신이 마주하고 있는 대상으로부터 오는 메시지인가요?

그는 낄낄 웃으며 —마치 동화 속 토끼가 웃는 것처럼— 무언가를 찾으러 몸을 옮기더니 복사된 종이 한 장을 들고 왔다.

이게 바로 내 답이요. 아인슈타인이 한 말이지요.

거기에는 자신이 손으로 베껴 쓴 글이 적혀 있었다. 받아서 읽어 보았다. 1944년 10월, 아인슈타인이 물리학자 막스 보른의 아내에게 부친 편지에서 인용한 글이었다. "살아 있는 모든 것들에 대해 내가 느끼는 연대감은 너무도 커서, 한 개인이 어디서 태어나고 어디서 죽는가는 내게 별로 중요치 않습니다…."

바로 그거군요! 그렇게 말한 나는, 이젠 오히려 다른 것에 관심이 쏠리고 있었다. 손으로 쓴 그의 글씨였다. 크고 읽기 쉽고, 둥글고 개방적이며, 끊긴 데 없이 쓰여진 놀랄 만한 글씨였다.

파인더를 통해 보면, 어떤 것이든 꾸밈없이 보게 됩니다. 그가 말했다.

그의 글씨에 놀랐던 것은 그 글씨가 모성적이었기 때문이다. 더 이상 그럴 수 없을 정도로 모성적이었다. 한때 사냥꾼이었고, 세계 최고 명성의 사진 에이전시의 공동 설립자였으며, 독일 포로수용소를 세 번이나 탈출했고, 무리에서 떨어져 홀로 가는 무정부주의자요 불교신자인, 이 사내 중의 사내의 마음속 어딘가에 모성이 사리하고 있는 것이다.

나는 속으로 말했다, 그의 사진들로 한번 확인해 보자고. 전 대륙에 걸쳐 그가 찍었던, 중산모의 남자, 도살장 일꾼, 연인, 주정

뱅이, 난민, 매춘부, 심판자, 소풍객, 동물들, 그리고 아이들, 무엇보다 아이들을 살펴보자고.

그 사진들에 담긴, 감정에 흔들리지 않는 모습과 환상과는 거리가 먼 사랑은 어머니가 아니면 불가능하다고 나는 결론짓는다. 결정적 순간에 대한 그의 직관도 자식에 대한 어머니의 본능적이고 즉각적인 직감과 같은 것이리라. 그것이 감각에 의한 것인지 메시지에 의한 것인지 누가 정말 알겠는가.

모성적이든 어떤 다른 것이든, 마음만으로 모든 것을 설명할 수는 물론 없다. 눈에 대한 끊임없는 훈련도 있다. 그는 일차대전 중 플랑드르에서 사망한 그의 삼촌 루이가 그린 유화를 한 점 보여주었다. 그의 아버지와 할아버지가 그린 데생들도 함께 보았다. 그들이 살던 곳의 풍경화들이었다. 세밀하게 관찰된 나뭇가지들과 꼼꼼하게 그려진 잎들이, 가족의 전통처럼 세대에서 세대로 이어지고 있었다. 연필로 남자답게 그려졌지만 마치 자수 작품 같았다.

앙리는 열아홉 살 때, 큐비즘의 대가 앙드레 로트에게서 배웠다. 각과 면, 그리고 사물의 기울기 등에 대해 공부했다.

선생의 어떤 데생들과 정물, 그리고 파리의 거리 풍경 등을 보면 알베르토 자코메티가 연상돼요. 내가 말했다. 두 분이 무언가를 공유한다고 해서 영향이랄 것은 없지요. 선생의 데생을 통해 볼 때, 테이블과 의자 사이, 벽과 자동차 사이를 압박하는 방식에서 두 분이 같음을 볼 수 있어요. 물론 당신은 물리적인 형태로서가 아니고요. 또 다른 쪽, 어쩌면 이면으로 미끄러져 들어가는 당신의 통찰력에서 그런 거지요….

알베르토라고요! 그가 끼어들었다. 그런 사람이야말로, 이 지독한 세상도 그나마 살 만한 가치가 있다는 것을 깨닫게 해주는 사람이죠. 그래요. 우리는 미끄러져 들어가지요….

사진기를 집어 들고 내 주위를 다시 한번 둘러본다. 이번에는 셔터를 눌렀다.

미끄러져 들어가 사물의 우연 같은 일치점에 맞닥뜨리는 것, 그런 일치점에는 끝이 없어요. 그가 말을 이었다. 우리가 단지 짧은 순간이라도 본질적인 질서를 볼 수 있는 것은 이 일치 덕분이지요…. 세상은 19세기보다 더 나빠져서, 참을 수 없게 되어 가고 있어요. 내 생각에 19세기는 1955년에 끝이 났어요. 전에는 그래도 희망이 있었는데….

그는 다시 한번 들판 저 멀리 뛰어 달아난다.

우리는 그가 최근에 찍은 아베 피에르 신부의 사진을 함께 본다. 이제는 프랑스의 가장 사랑받는 공인이 된, 노숙자를 위해 싸워 온 저 뛰어난 인물의 동정심과 분노, 경건을 보여주는 이미지였다. 사진가와 신부는 아마도 동년배이리라. 지침 없는 한 노년을 다른 노년이 찍은 것이다. 만일 피에르 신부의 어머니가 지금 아들을 볼 수 있다면, 그녀는 이 사진 속에서와 같은 모습의 신부를 보고 싶어할 것이라고 나는 생각했다.

이젠 가 봐야겠다고 말했다.

사람들이 내 새 프로젝트들에 대해 물어요. 그가 미소를 띠며 말한다. 그들에게 말하지요. 오늘 오후에는 또 다른 그림을 그릴 것이고, 오늘 밤은 사랑을 나눌 것이라고요. 그들이 놀라는 모습이라니!

오층에 위치한 아파트에서 나와 승강기를 타면서, 아마 그는 지금 또 다른 데생을 그리기 시작할 거라고 생각했다.

승객이 반 넘게 찬 지하철 안에서 나는 빈 자리 하나를 발견했다. 저쪽 끝에서 사십대 초반이 남자 하나가 목발을 짚고 있는 여자의 손을 잡고서, 장애가 있는 자신의 아내에게 도움을 달라는 연설을 하고 있었다. 집을 비워 줘야 했고, 구호시설에 가게 되면

서로 떨어질 수밖에 없다고 그는 말했다.

남자는 승객들을 향해 말했다. 장애자를 사랑하는 것이 어떤 것인지 당신들은 몰라요. 나는 이 여자를 거의 언제나일 정도로 사랑하고 있어요, 적어도 당신들이 아내나 남편을 사랑하는 것만큼은 사랑해요.

승객들이 돈을 준다. 한 사람 한 사람에게 남자는 말했다. 동정에 감사드려요.

이런 광경이 벌어지던 어느 순간, 나는 앙리가 자신의 라이카를 들고 거기 서 있기라도 한 듯이, 문간 쪽을 홀연히 바라보았다. 아무 생각 없이 이루어진 즉각적인 동작이었다.

그는 자신의 모성적 글씨로 이렇게 쓴 적이 있다. 사진은 끝없는 응시로부터 나오는 무의식적인 영감이다. 사진은 순간과 영원을 붙든다.

[12]

풀밭 위의 그림

여러 달이 지난 후 마리사 카미노는 자두나무 아래서 찍은 사진을 보내 왔다. 거기 우리의 흔적이 남아 있었지만, 곁에 선 나무가 남긴 흔적보다 더 흐릿했고 모호했다. 모르는 사람들이 보면 우리가 떠나려는 것인지 돌아오는 것인지, 나타나는지 사라지는지, 또 산 사람인지 죽은 혼인지조차 알기 힘들었다. 사진과 함께 편지와 전화번호가 들어 있었다.

다음 해 여름, 나는 갈리시아의 작은 집 풀밭에 앉아 있었다. 바다에서 이십 킬로미터쯤 떨어진 곳이었다. 마리사의 경량 자전거가 현관문 옆 바깥벽에 기대어 있었다. 그 집 부엌은, 우리 네 사람이 테이블에 앉아 그녀가 준비한 조개 요리를 먹을 수 있을 만큼 충분히 컸다.

부엌과 이어진 좁은 복도는 밤에 자전거를 들여놓는 장소로, 또 그녀의 그림을 쌓아 두는 곳으로 쓰고 있었다. 집 천장 전체에 우윳빛의 투명한 비닐이 쳐져 있었는데, 나무좀이 거의 백 년 전에 지어진 이 집의 서까래와 기둥을 갉아먹어, 그 먼지가 종이와 음식, 또 머리 위에 끝없이 떨어져 내리기 때문이었다.

풀밭에 앉으니 비둘기장에서 우는 비둘기 소리와 옆집의 닭소리가 들렸다. 구름 한 점 없었고 서쪽으로 천천히 기울어 가는 8월의 태양은 대서양 바다 전체에 반사된 듯 광대한 확산광을 비추고 있었다. 그녀는 아래층에서 가져 온 포트폴리오에서 그림을 꺼내고 있었다. 욕실을 포함해 네 개의 방이 있었다. 그림들은 마치 옷가지처럼 얇은 종이에 싸여 있었다. 그녀는 하나하나 종이에서 풀어 풀밭 위에 가지런히 놓았다. 한 달에 만이천 페세타씩 집세를 내요. 그녀가 말했다.

뭔가를 모색한 습작도 있었고, 일감인 걸작 벽화를 스케치한 것도 있었다. 종류가 아주 다양했다. 이번에는 편지처럼 글이 함께 씌어진 그림들을 펼쳐 놓았다.

이런 종류의 그림—편지처럼 글이 씌어진—으로 가장 유명한 것은 베른 미술관에 있는, 파울 클레가 1927년에서 1940년 사이에 그린 그림들이다.(내 유년의 시기였던 그때, 나는 클레의 그림 한 점을 복제품으로 보았었다. 그는 1940년에 사망했다) 클레의 이 연필화에는 다른 여러 가지가 드러나 있지만, 특히 파시즘의 발흥, 그의 연인, 자신의 건강, 그리고 다가오는 죽음 등이 그려져 있다. 그 그림들은 한번 쳐다보지도 않고 그린 것 같은 느낌, 편지를 받을 사람들이 그림 안에 있는 듯한 느낌으로 인해 편지처럼 보인다.

부엌 뒤로 별채가 하나 있는데, 원래는 밤중에 닭을 잡는 곳이었던 것 같다. 이 곳에서 마리사는 종이를 만든다. 짚을 물에 담가 발효시킨 후 압착하여 만든다. 빵처럼 섬유질이 풍부한 낙타색(카미사는 토끼색이라고 했다) 종이였다. 가끔 여기에 그림을 그리는 외에도 그녀는 이 종이로 봉투를 만든다. 내게 사진을 보낼 때도 이 봉투를 썼었다.

클레 그림의 대부분은, 오른쪽 뇌에서 기인하여 연필로 그린 선으로밖에는 형상화할 수 없는 어떤 개념들을 드러내고 있다. 나무와 새, 짐승 들을 그리고 있지만 그저 단순히 자연을 모방해 보여주는 것이 아니다. 그는 인간의 두뇌 작업을 거쳐 자연을 발견한다. 개념은 연필심을 통해 종이 위로 흘러나오는데, 그는 그것을 뇌의 여러 방들과 그 회로들에 이르기까지 역으로 추적해 올라가, 바로 그 그물망 안에서 자연의 형태와 리듬에 가장 가깝게 근접해 간다. 이렇듯 그의 그림들은 사유에 관한 것이었다. 지금 풀밭에 놓여 있는 그림들은 느낌에 관한 것이다.

아마도 무심하게 그림을 그리지 겁다. 그니 내서 기울터 오르지만 그 목적지는 뇌가 아니라 초기 연체동물(우리가 저녁에 먹은 조개처럼)의 시기인 선캄브리아기로 향하고 있다. 그녀는 이

행성에 생물이 생긴 이래 그 십분의 구의 기간을 살아온, 해파리와 오징어, 문어와 꽃양산조개, 그리고 달팽이에게서 자연을 배운다. 갯벼룩과 해마에게서 배운다.

처음 그녀를 만났을 때 나는 족제비류를 생각하고 있었다. 그러나 그녀는 훨씬 더 멀리 올라가 있었다.

젖은 도로에서 미끄러져 벽을 들이받아 그 노란색 밴은 불이 났죠. 아무도 서지 않고 그냥 지나갔어요. 혼자서 물건들을 꺼내야 했죠. 그림들은 살릴 수 있었어요. 가장자리가 그을린 것이 몇 점 있을 정도였어요. 지금은 폴크스바겐이에요. 그렇게 말하면서 그녀는 씩 웃었다.

위층에는 복원 작업을 하는 방이 하나 있었다. 마침 황금 제단에 붙어 있던, 나무로 만든 부러진 소용돌이 장식과 17세기의 채색 마돈나상을 복원하고 있었다. 좋은 복원가들의 작업이 그러하듯, 마치 전혀 손이 닿지 않은 것처럼 눈에 띄지 않게, 또 아주 주의 깊게 복원했다.

클레가 그린 것 중에 〈겁먹은 개〉라는 그림이 있다. 황새 같은 큰 새 앞에 움츠리고 있는 개를 그린 것이다. 개 몸의 윤곽선을 흘려 그려, 겁먹은 동물을 표현하고 있다. 클레에게 있어서 모든 지각은 그의 그리는 손을 통해 나타난다. 그녀의 경우에는 그런 손이 드러나지 않는다.

가끔 붓으로 그려진 채색 그림이 눈에 띈다. 나뭇잎과 깃털, 천과 여러 다른 종류의 종이 조각 등을 풀로 화면에 붙여 놓은 것도 있다. 그럴 경우에도 전혀 작가의 손이 느껴지지 않는다. 그려진 식물과 동물의 욕망만이 드러나 있을 뿐이다. 새우가 무언가를 먹고 있다. 씨앗에 싹이 나고 있다. 어떤 유별난 벌레 하나는 바닷물에서 탄산칼슘을 추출하고 있다. 이끼는 해조류를 먹으면서 또 거기에 붙어 살고 있다. 나는 이런 것들을 보고 있었다.

풀밭에 앉아 그 그림들을 응시하고 있었다. 해가 떨어지고 있었고 갑자기 서늘해진 뭍으로, 아직 더운 바다로부터 미풍이 불어온다. 풀잎 조각 하나가 그림 위로 날아가 앉았다. 또 다른 그림 위론 작은 열매 하나가 날아 올랐다. 양피지처럼 투명한 옥수수 이파리 하나가 근처 밭을 맴돌다가 또 다른 종이 위로 날아 올랐다. 이런 비행들을 보지 못했다면 원래 그림에 그려져 있던 것으로 착각할 뻔했다. 나는 이제, 어디에다 예술과 자연, 생성과 기원을 구분하는 선을 그을지 확신할 수 없게 된다. 이런 신비에 싸여, 나는 어두워진 후까지, 닭들이 잠잠해진 후까지, 그 그림들을 응시했다.

마리사 카미노가 집 밖으로 나와 저녁 준비가 끝났음을 알려주었다.

라코루냐 교회 일이 끝나면 스트롬볼리로 가요. 스트롬볼리 섬에는 아무것도 ―그 영화를 본 적이 있으세요?― 없어요. 분화구 외에는 묵을 곳도 한 군데 없어요. 그 분화구를 여러 번 들여다보려고 해요. 그녀가 말했다.

[13]

시편 139:
"당신은 나의 앉고 일어섬을
아시니…"

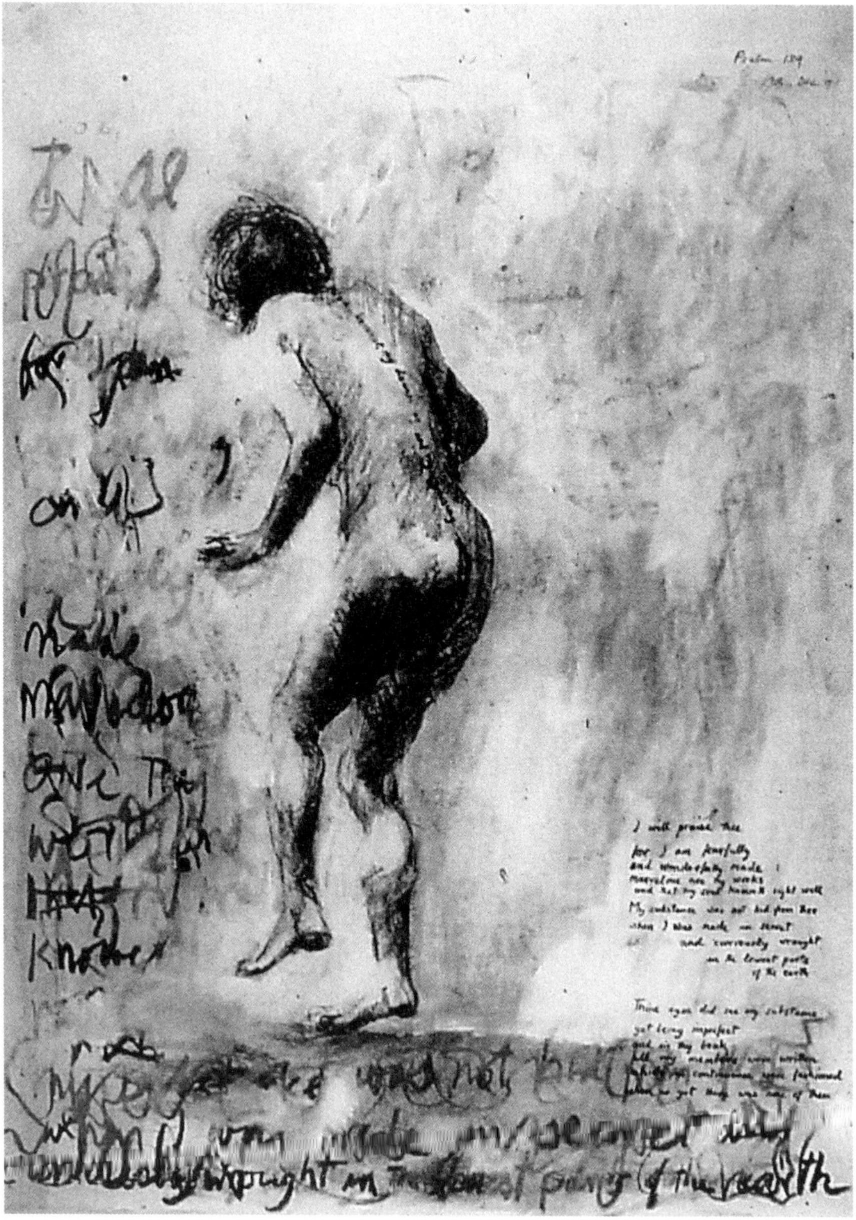

[14]

거리의 배우

여러 해 만에 바르셀로나를 찾았다. 3월의 끝자락, 교외의 공터에는 붉은 양귀비들이 첫 꽃망울을 터뜨리고 있었다. 여름이 다가오고 있었다. 해는 적당히 높이 떠서, 해안으로부터 조금 떨어진 구시가의 중심에 위치한 산타 마리아 델 마르 성당 주위, 거기 늘어선 오층 건물들 사이로 난, 노새 한 마리 길이만큼 좁은 샛길들을 비추고 있었다.

더러는 한때 왕궁으로 쓰였던 건물들이어서, 모두가 오래 된 두터운 돌벽과 돌계단으로 되어 있다. 그 옛집들 주위엔, 이발소 바닥의 머리칼처럼 일상의 남루함들이 이리저리 흩어져 있다. 오래 된 출입구의 철문들에는 낙서 화가들이 남긴 흔적이 어지러이 남아 있었다.

슬리퍼를 신은 늙은 여인들이 거리에 나와 얘기를 주고받으며 서너 개의 양파를 산다. 중년의 여인들은 더 시끄럽게 목소리를 높이기도 하고, 때로는 낮 시간에 조깅도 한다. 미니스커트의 젊은 여자들은 손목을 튕기고 손가락을 흔들면서, 경멸과 무시라는 양보할 수 없는 저들만의 권리를 확인한다. 간혹 바에 앉아 있는 손님이나 일광욕을 위해 아내 손을 잡고 벤치로 향하는 늙은 남편들 외엔, 이른 오후에는 남자들을 거의 볼 수 없다. 제대로 된 남자들은 좀더 시간이 지나야 나타난다. 부리를 꼬리에 박은, 머리를 가슴에 묻은 비둘기들이 창턱에서 졸고 있다.

이 거리 저 거리의 위쪽 창문에는 푸른 하늘 아래 빨래가 널려 있다. 자그만 발코니의 쇠 난간 밖으로 몸을 내밀고 마른 빨래를 건다. 맞은편 집에서 셔츠를 널면 그 소매가 이쪽의 베갯잇에 쉽게 닿을 것 같다. 여러 상념들을 떠올리며 하우메 히랄트가(街) 주위를 이리저리 걷는다. 바르셀로나 틈에 스며든 그녀의 목소리가 귀에 늘리는 듯했다.

하늘에서 불이 떨어지는 여름―엘 카에 푸에고―이 오면, 이

도시의 가장 시원한 침대 시트도 몸을 누일 수 없을 만큼 뜨거워진다. 송곳니 같은 더위 아래 도시는 한 덩어리로 엉겨 붙는다. 벽과 쇠붙이들, 방안의 공기와 쇠 난간, 빨래가 놓인 테이블과 비둘기, 심지어는 수도관 속의 물까지도. 이런 더위를 잊는 유일한 길은 —만일 그럴 수 있는 사람이라면— 서로 부둥켜안고 사랑에 빠지는 길밖엔 없다! 그 다음 방법이라면? 글쎄, 부채로 가만히 공기를 저을 수밖에. 귀 정도는 조금 식힐 수 있을 것이다.

불이 떨어지는 여름, 거리는 어딘가의 작은 섬으로 향하는 꿈으로 넘친다. 이 숨막히는 항구도시에서 벗어나 멀리 가 있는 행복한 사람들을 생각하는 것이다. 에두아르도는 전자공학 공부를 하러 멀리 떠났지. 호세는 산으로, 이사벨은 또 파리에 가 있겠고. 어디에 있든 여기 생각은 꿈에도 하지 않겠지. 그러면서 마치 온도계를 보듯 시계를 쳐다본다! 그래도 자정이 지나면 온도가 시계의 숫자처럼 몇 도는 떨어지는 것이다.

페란가(街)에 닿아 람블라스 거리를 향해 왼쪽으로 방향을 틀었다. 카탈루냐 광장에서부터 바다를 향해 서 있는 콜럼버스 기념탑에 이르는 넓은 산책로에, 줄지어 서 있는 플라타너스가 연푸른 첫 잎들을 작은 손처럼 벌리기 시작한다.

멀리 산책로의 중간쯤에서 무언가 이상한 것이 눈에 띄었다. 발판 위에 올라선 사람인가? 사람인지 아닌지는 알 수 없었지만, 바다를 향해 혹은 바다를 등지고, 바삐 혹은 천천히 걷고 있는 사람들 위로, 머리 하나나 둘 정도로 높이 솟아난 것이 있었다.

가까이 다가가면서 큰 키의 그 물체는 상자를 밟고 선 허수아비로 드러난다. 허수아비는 저쪽을 향해 서 있어서 어깨를 나타내는 가로대 위에 판초처럼 걸려 있는 담요와 밀짚 머리칼, 그리고 모자만을 볼 수 있었다. 비둘기 한 마리가 모자 위에 앉아 있다. 꼼짝 않고 앉아 있는 비둘기가 궁금증을 더했다. 하늘을 날고 있지 않은 새들은, 마치 파충류처럼 동작을 정지하는 능력이 있는 거라고 나는 속으로 말한다.

람블라스 거리에 허수아비라니? 이상하게도 의문이 들지 않았다. 어떤 날, 이 길에서는 꿈꾸는 야곱을 만날 수 있을지 모른다. 혹은 기도하는 성 히에로니무스면 또 어떤가. 허수아비는 미국식 패스트푸드점의 간판일 수도 있을 거라고 나는 생각한다.

가까이 다가가 보니 비둘기는 진짜가 아니라 모조품이었다. 판초처럼 늘어뜨린 담요 밑으로는 청바지를 입은 다리와 흰색 운동화가 그 뒷모습을 드러내고 있다. 너무 움직임이 없어서 도무지 산 사람인지 의심스러웠다.

앞쪽으로 가서 얼굴을 쳐다보았다. 안경을 끼고 밀짚 가발을 쓴 남자였다. 대학교 졸업반 정도 되었을까. 눈은 앞으로 고정시킨 채 바라보고 있다. 눈썹 하나 신경 올실 하나 움직임이 없다. 관 속의 시체처럼 팔을 가슴께에서 포개고 있다.

관을 마지막으로 본 게 언제였을까. 열한 달 전이구나. 벌써 열한 달이 지났구나….

햇빛에 그을린 남자는 창백하지 않았고, 장의사들이 만진 죽은 이들의 얼굴보다 훨씬 뚜렷한 얼굴선을 가지고 있다. 눈을 크게 뜨고 바다를 향한 람블라스 거리 전체를 내다보고 있다.

관을 열어 둔 채 밤을 새워 보면, 죽은 이의 입술이 움직인다는 느낌을 종종 받는다. 그렇다고 무슨 희망을 주는 움직임은 아니다. 떠난 이가 아직 멀리 가지 못했음을 말해 주는 징표일 뿐이기 때문이다. 그녀는 눈썹이 그랬었다.

서서 허수아비를 바라보았다. 시간이 흘렀다. 오 분, 십 분…. 미동도 없었다, 비디고 무디 만 들기 비밉이 끓어와 어깨에 늘어뜨려진 긴 밀짚 머리칼 몇 올이 흔들릴 뿐이다. 내가 이렇게 오래 보고 있다는 걸 저 사람은 알까. 나는 속으로 묻는다. 고맙게도 그녀는 몰랐었다. 그리도 가까이에 있었지만 그녀는 모르고 있었다.

남자 아이 하나가 엄마와 함께, 길을 따라 이쪽으로 내려오고 있다. 허수아비 앞에는 붉은 플라스틱 그릇 하나가 놓여 있고 동전 몇 닢이 들어 있다. 아이가 멈춰서 백 페세타짜리 동전을 떨어뜨린다. 허수아비는 감사의 표시로 천천히 왼손을 들고 머리를 약간 숙이면서 미소를 지어 보인다. 그 진중한 분위기가, 왼손을 들어 올려 무덤가의 잠든 병사 넷을 축복하며 일어서는, 부활하는 그리스도를 담아낸 그림을 연상시킨다.

다시 죽은 이의 모습으로 돌아간다. 가장 어려운 시간이 바로 지금과 같이 움직이고 난 직후일 거라는 생각이 든다.

그 섬들에 꼭 가 보고 싶어요. 그녀는 말했었다. 그러나 그러지를 못했다. 먼 다른 도시에서 재가 되어 비로소 이곳으로 돌아왔다.

[15]

잔에 담긴 꽃 한 묶음

괜찮을 거라고 내가 말했다. 하지만 그는 자신이 죽어 가고 있음을 알고 있었다. 나아질 것이라고 말했을 때, 그는 전에도 종종 그랬듯 마치 내게 무슨 신비한 것이 있기라도 한 양, 또 동시에 내가 바보이기라도 한 양 나를 바라보았다.

마르셀은 거의 여든의 나이였다. 힘겨운 삶을 살았지만 인생의 삼분의 일 정도는 행복했을 것이다. 해마다 넉 달은 소와 함께 알파주(알프스 지방의 산간 목초지 — 역자)에서 보냈다. 인생의 삼분의 일을 해발 천칠백 미터 고도에서 보낸 것이다. 철벽 같은 산의 장막에 둘러싸여 그는 평화를 누렸다. 내가 바보처럼 말하는 그 행복 말이다.

산에서는 개 두 마리와 암소 마흔 마리 정도, 그리고 수소 한 마리와 함께 살았다. 친구들이 찾아오면, 마을 사람들 소식과 세상 돌아가는 얘기를 즐겨 물었다. 마치 사람들이 엊저녁 텔레비전 연속극 내용을 묻는 것처럼 그렇게 묻곤 했다.

그의 진정한 삶은 그 산 위에 있었다. 오두막이 자리한 평평한 바위턱을 스쳐 지나가는 낮과 밤, 계절과 햇수 들의 그 끝없는 흐름 위에, 어김없고 하릴없는 일상을 띄우면서, 또 치즈를 만들면서. 바위턱에서는 번갯불이 가까이에서 흩어졌고, 마치 다리를 건너는 사람에게 다리 아치가 내려다보이듯 무지개가 내려다보였다.

산 위에 조금만 있어 보면 외롭다는 생각은 사라진다. 발가벗고 살기 때문에. 발가벗은 사람은 또 다른 차원의 동반자가 함께 있음을 알게 된다. 왜 그런지는 알 수가 없다. 하지만 그것은 사실이다. 물론 마르셀이 옷을 벗고 있는 것은 아니다. 오히려 밤에도 옷을 입은 채로 잔다. 그럼에도 알파주에서 혼자 한 주 두 주 지내다 보면, 영혼은 그 윗도리를 벗기 시작하고 이윽고 알몸이 되면서, 혼자가 아님을 깨닫게 된다. 그의 눈에서 그것이 읽힌다.

영혼은 그렇다 쳐도, 가축들이 잘못되지 않을까 하는 불안은 늘 있었다. 두 마리 개가 소들의 이름을 죄다 알고 있을 정도지만, 그럼에도 소가 길을 잃거나 다리가 부러지는 경우가 종종 있다. 그곳 산에서는 개연성의 법칙이 적용되지 않는다. 어떤 때는 소나무숲이 지금 막 걸음을 멈춘 것처럼 여겨질 때가 있다. 은하수가 마치 모기장처럼 가깝게 보일 때도 있다. 어느 8월 아침에는, 우유 짜는 헛간에서 똥 치울 때 쓰는 외바퀴차의 손잡이가 얼어 버리기도 한다.

갈라지고 닳고 마디가 커다랗게 부풀어 오른 마르셀의 손은 아주 따뜻했다. 굳은 살갗 밑에 예민함을 감추고 있었다. 마치 이제는 쓰이지 않게 된 옛 단어들 같았다.

그를 마지막으로 본 것은, 함께 신년을 맞은 후 차로 그의 집까지 바래다주었을 때였다. 그때 벌써 소들을 데리고 알파주로 올라갈 6월을 기다리고 있었다. 아무렴 그리 될 거라고 나는 말했다. 그는 마치 메아리가 되돌아오는 바위 앞에 선 사람이 그러듯, 믿을 수 없다는 표정으로 나를 바라보았다. 그리곤 머리를 저었다.

지난 6월, 마르셀의 산으로 다시 가 보았다. 풀 뜯는 소도, 종소리도, 개도 없었다. 이름 없는 들꽃들만 무성했다. 무심히 꽃을 꺾기 시작했다. 이런 고도에서는 같은 꽃이라도 들판에서보다 훨씬 선명한 색깔로 핀다. 근처 봉우리들엔 갈가마귀들이 날고 있었다. 서쪽 하늘에 패러글라이더가 스무 개 정도 떠 있다. 상승기류를 타고서, 뛰어내린 산모퉁이보다 더욱 높이 올라간다. 이즈음 그 자리는 그들 사이에서 가장 인기있는 곳으로 통한다.

마르셀의 빈 오두막 문을 밀었다. 기치의 갈마에 방민휜 빙니 둘 잇나. 나는 속으로 번져 가는 감정을 누르며, 유리잔에 물을 채우고, 한 묶음 손에 들고 간 꽃을 꽂아 테이블 위에 놓았다. 하루가 저물 때면 거기 앉아 나는 커피를, 마르셀은 우유를 마시곤 했었다. 그가 가 버리고 없는 지금, 그 의자에 다시 앉고 싶은 마음이 들지 않았다. 소떼들의 종소리 뒤로 고함치며 욕지거리하며 다가오는 마르셀의 목소리가 저 정적 속에서 들려 올 때까지, 나는 거기 가만히, 가만히, 서 있었다.

[16]

길가에 엉켜 쓰러진 두 남자

그는 적어도 두 대륙의 산악에서 여러 차례 게릴라로 싸워 왔다. 또한 뛰어난 요리사이기도 하다. 친구들을 먹일 저녁이라면 하루 전부를 기꺼이 바쳐 준비할 사람이다. 그의 이름은 모하메드 브라힘. 언젠가 카레용 채소를 다듬으면서 그가 내게 들려준 얘기다.

이야기는 1947년에 시작된다. 모하메드가 열세 살 때였다. 막 변성기에 접어들고 있었다. 굵은 어른 목소리와 갈라지는 소년 목소리가 번갈아 나왔다. 저절로 그리 되는 것이어서 어쩔 수가 없었다. 하지만 결단력만큼은 어른 못지않았고, 그의 앞에 닥친 위험 또한 어른의 그것이었다. 어떤 위험인지를 분명히 아는 그의 눈이 상상되지만, 우리가 만나기 훨씬 전의 일이다.

그때는 독립과 더불어 인도가 분단되던 시기였다. 천이백만이나 되는 사람들이 안전을 찾아 같은 길을 반대 방향으로 움직여 가고 있었다. 대대로 인도에서 이슬람 교도로 살아왔던 모하메드의 가족들도, 그의 형의 결정에 따라 새로 탄생된 파키스탄으로 옮겨 가게 되었다.

소년의 어머니는 떠나기를 거부했다. 남편을 여읜 여자들에게는 예외적으로 머물러 남아 있는 것이 허용되었다. 나머지 가족 모두는 라호르행 열차를 탔다. 하지만 가는 도중 델리에 닿은 열차는 더 이상 움직이지 않았다. 내전이 격화되어 위험이 너무 커졌던 것이다. 모두 난민촌에 머물러야 했다. 고위 공무원이었던 형은 구조 비행기를 보내 달라고 파키스탄에 전보를 쳤다. 난민 촌에서는 어떤 남자 하나가 아편을 달라고 울면서 매달리는 것이 모하메드의 눈길을 끌었다. 비참함, 성가신 비참함이라고 모하메드는 생각했다. 젊은이 몇이 남자를 옆으로 밀쳤다. 어이, 차르시 (마약중독자를 이르는 힌디어—역자)! 그들은 놀려댔다. 어이 차르시! 연기 구름 속에서 사는 이 아편쟁이!

마침내 파키스탄에서 비행기가 왔다. 영국 공군이 쓰던 포커기였다. 모두 타고 두 형제만이 마지막으로 남았다.

저와 함께 조종실에 타고 가면 됩니다. 조종사가 그의 형에게 소리쳤다.

안 돼, 두 사람이야. 모하메드도 있어.

그럼 다른 사람 한 명을 내리도록 할까요?

안 돼, 모하메드를 태워.

그 순간 열세 살배기 소년은 반란을 일으켰다. 활주로를 가로질러 달리면서 비행기로부터 멀어지고 있었다.

가요, 가! 나는 걸어서 가겠어요. 모하메드의 고함이 소음에 묻혀 왔다.

아내와 어린 아이들을 버릴 수가 없었든지, 아니면 고집불통 돌머리의 동생을 너무 잘 알아서였든지, 형은 비행기에 올라 아직도 열려 있는 문에 기대어 소리쳤다. 그래 알았다. 하지만 이걸 받아! 그러면서 이십이 구경 엽총 한 자루와 탄띠, 백 루피짜리 지폐 한 장을 떨어뜨려 주었다. 다음 비행기가 올 때까지 여기 그대로 있어. 형은 덧붙였다. 포커기는 곧 이륙했다.

그날 모하메드는 레스토랑에서 굵은 목소리로 근사한 저녁상을 시켰다. 십 루피가 들었다. 그런 후 델리의 이슬람교도 구역으로 발걸음을 옮겼다. 이슬람교 사원의 탑을 보고 가면 됐다. 큰길을 택했다. 이슬람교도들이 마구 죽어 나가고 있는 도시였지만, 등에 지고 있는 총 덕분에 마음 든든했다.

다음날, 라호르를 향해 수백 킬로미터의 길을 떠나는 거대한 난민 행렬에 합류했다. 같은 날 오후 그림자가 길어지고 있을 때, 뒤에서 걷던 뚱뚱한 중년 사내가 히히거리며 사내를 가리키면서, 저렇게 어린 아이는 총을 가지면 안 된다고 옆의 동료에게 말했다. 동료가 대꾸했다. 그냥 지고 가게 놔 두렴. 우리 힘을 덜잖아.

행렬은 평원을 지나면서 천천히 지리멸렬해졌다. 낙오하면 살아날 가망성이 없는 노약자들의 속도에 맞춰야 했다.

사흘째 되던 날, 행렬은 공격을 당했다. 행렬을 향해 무장한 남자들이 물을 댄 논밭을 가로질러 다가오는 것을 가장 먼저 발견한 사람 중에 모하메드도 끼어 있었다. 땅에 납작 엎드려 침착하게 기다리면서, 가족 사유지에서의 사슴 사냥을 머릿속에 떠올리던 그는 도적들 중 넷을 쏘아 쓰러뜨렸다. 이 일이 있은 후 모하메드는 총에 대한 운반뿐 아니라 발사의 권리도 갖게 되었다. 행렬의 파수꾼이자 저격병이 된 것이다.

행렬의 앞뒤로 활보하면서 보니, 아편 공급이 완전히 끊긴 예의 그 아편쟁이 남자가 제법 등을 펴고 걷기 시작하고 있었다. 젊은 여자들 몇도 있었는데, 그 젖가슴들이 제 뺨을 스치는 상상에 젖기도 했다. 특히 한 여자는 잊히지 않았다. 무릎까지 내려오는 긴 상의를 입고 있었는데 별처럼 작은 흰 꽃이 장식되어 있었다. 행렬이 잠시 쉴 때마다 그녀 곁을 뱅뱅 맴돌았지만, 숫기가 없어 한마디 말도 건네지 못했다.

어느 한낮, 사람들이 점심을 먹고 있을 때, 이 여자가 길가 망고숲으로 걸어가는 것이 눈에 띄었다. 한 남자가 그녀 뒤를 따라가고 있었다. 모하메드는 몰래 그 남자 뒤를 밟았다. 어느 틈에 남자가 여자의 치마를 들어올려 여자 머리에 홀러덩 덮어씌웠는데, 여자가 남자를 떼어내려고 버둥거리고 있었다. 모하메드는 총을 들어 앞뒤 가릴 것 없이 쏴 버렸다. 살인이야, 살인! 여자가 소리쳤다.

총소리와 여인의 비명에 놀란 사람들이 삽시간에 몰려들었다. 들을 가로질러 도망쳤지만 결국 돌벽 앞 막다른 곳까지 몰리게 되었다. 모하메드는 돌아서서 쫓던 군중들과 마주했다.

한 발짝만 다가오면 쏠 테요. 소년처럼 갈라지는 앙칼진 목소리였는데, 마치 지진이 발생하기 직전의 개다리처럼 두 다리를 와들와들 떨고 있었다.

바로 그 순간, 예의 그 아편쟁이가 모하메드와 성난 군중들 사이에 나타났다. 이젠 더 이상 지팡이를 짚지 않았고 꼿꼿이 선 자세였다.

멈추시오. 내 말을 들어 보시오! 그가 고함쳤다.

군중들이 목소리를 낮추자, 아편쟁이는 조용하면서도 근엄하게 말하기 시작했다. 이런 식으로 서로 죽이기 시작하면 안 됩니다. 도대체 우리가 왜 이렇게 가고 있습니까. 왜 도망가고 있는 겁니까. 정의가 실종되고 강자가 약자를 공격했기 때문 아닙니까. 이 아이는 법정에서 재판받아야 합니다. 유죄로 드러나면 그때 처벌하면 됩니다. 그런 후 모하메드를 향해 총을 내놓으라고 하면서 계속 말했다. 여기서 행렬이 멈출 순 없어요. 이 아이는 두 명의 감시를 붙여 죄수로 데리고 갑시다.

그날 밤, 화톳불 주위에서 재판이 열렸고 아편쟁이는 재판관으로 추대되었다. 할 말이 있는가? 그가 피고에게 물었다. 모하메드가 미처 대답을 하기 전, 그 젊은 여자의 아버지가 앞으로 나서더니, 딸의 말을 들어 보니 죽은 남자가 자기 딸을 범하려 했다고 말했다. 굵은 목소리로 모하메드가 맞장구쳤다. 내 말이 그거요.

모하메드는 며칠 후, 아편쟁이에게 원래 이름이 뭐냐고 물었다. 무사라고 했다. 둘은 친구가 되었다. 시간이 흐르면서 아편쟁이는 행렬의 지도자로 인정받게 되었다. 루트를 정하고 보초를 세우며, 다툼을 해결하고 아픈 사람에게 약을 구해 주었다. 델리를 떠날 때 삼만이던 숫자는 이제 반으로 줄어 있었다. 콜레라가 터졌다, 무사는 죽은 사람들을 묻었고 가능한 방역 조치를 취했다.

무사가 한번 지나간 자리의 사람들은 안심했다. 위엄과 기품이 있었다. 하지만 밤에 모하메드를 보면 자신이 느끼고 있는 불안을 말했다. 이 사람들이 살아서 거기 도착한다 해도 우리가 꿈꾸던 것과는 다를 거야. 부패한 정치인들은 이미 자신들의 자리에 안주하기 시작했어. 그들은 우리의 형제로서가 아니라 우리의 주인으로서 우릴 기다리고 있는 거지. 우릴 부려먹으려고 말이야.

새로 갈라선 두 나라의 국경에 도착하자, 여자들이 차도르를 두르기 시작했다. 그걸 둘러도 더 이상 위험하지 않게 된 것이다. 모하메드는 이때, 흰 꽃이 새겨진 옷의 여자를 마지막으로 보았다. 결국 한마디도 붙여 보지 못한 채로였다. 행렬은 줄어들어 이젠 팔천 남짓했다.

오늘 밤 택시를 타고 집으로 가거라. 이제 먼 길이 끝난 거야. 무사는 모하메드에게 그렇게 말했다.

어머니로부터 편지 한 통이 와 있었다. "아들아, 힘든 이승에서 우리는 때로 굴욕을 당해야 할 때도 있으니, 그럴 때면 네가 배운 방식대로 그걸 받아들여라. 그런 후엔 손을 깨끗이 씻도록 해라."

일곱 달이 흘러갔다. 모하메드는 어느 날 밤 라호르의 한 식당에서 나오다가 보도에 웅크리고 있는 사람에 걸려 넘어질 뻔했다. 가까스로 멈추고 보았더니 무사였다. 말을 걸어 보았다. 무사는 전혀 알아듣질 못했다. 흔들어 보았다. 무사! 무사! 외쳐 불렀다. 흔들고 흔들다가 모하메드는 균형을 잃고 쓰러졌다. 서로 붙들면서 인도 위를 뒹굴었다. 무사야!

분노와 슬픔에 북받친 모하메드는 결국 하릴없이 일어나야 했고, 집으로 돌아와서는 오랫동안 울었다. 사흘간 아무도 만나지 않았다. 그런 다음 그는, 이후 결코 단념하지 않을 하나의 결심을 하게 된다. 혁명가가 되기로 한 것이다.

[17]

말고삐를 든 남자

그는 겨울이면 양복 저고리 대신 스웨터 위에 코듀로이 조끼를 입곤 했다. 실내외를 가릴 것 없이 머리엔 검은색의 작은 베레모를 마치 사냥모자처럼 눈이 덮이도록 바짝 앞으로 당겨 썼다. 자신이 부리는 암말 비슈처럼 작고 단단한 체구였다.

비슈는 영원했다. 말이 늙어 일할 수 없게 되면 또 다른 어린 말을 사서 비슈라는 이름을 붙이는 것이었다.

언젠가 고삐 하나를 내 앞에 들어 보인 적이 있다.

무슨 뜻인지 알아요? 조용히 물어 왔다.

말을 보냈다는 뜻 아닌가요.

십오 년은 짧은 세월이 아니지요. 그가 말했다.

여전히 고삐를 들고 있었다. 그가 다소나마 과장된 모습을 보인 것은 그때가 처음이었다. 말의 땀에서 나온 소금과 입의 거품들이 고삐 가죽에 하얗게 엉겨 있었다.

모든 것엔 끝이 있지요. 마구간 문에 박힌 나무못에 고삐를 걸고서 그가 이렇게 말했다.

지난 달 파리에 갔을 때는 배낭에 그의 사진을 한 장 넣어 갔었다. 구겨지지 않도록, 후기산업사회에 대한 글이 실린 잡지 갈피에 조심스럽게 넣어 갔다.

사진에는 나와 테오필이 마치 낙농실처럼 휑하게 타일이 붙여진 그의 농가 부엌방에서 서로 마주 보고 있다. 겨울이었고 베레모를 쓴 그가 테이블 위에 놓인 잔에 놀브랜디를 따르려 하고 있다. 오른손에는 병이, 왼손 엄지와 집게손가락 사이에는 마개가 들려 있다.

내 머리가 세기 전이니까, 이미 십오 년도 더 전에 찍은 것이다. 일종의 미신으로 나는 그 사진을 몸에 지니고 다녔다. 아니 그것은 기도의 행위였을지도 모른다. 그의 해방을 비는 기도 말이다. 그러나 테오필은 결국 중환자실에서 육 주나 고통을 받고 나서야 죽었다. 진정으로 인간을 사랑하는 의사를 찾기 힘든 지금, 나는 대체로 의사들을 신뢰하지 않는다.

교회는 앉을 자리가 없을 정도로 사람들로 가득했다. 불필요한 고통의 연장으로 테오필이 제대로 된 죽음을 맞지 못했음을 모두 느끼고 있었다. 거기 모인 삼백여 명의 사람들은 악수할 때조차 웃음을 보이지 않았다. 좀더 편히 갈 수 있었는데. 입 속으로 이 말을 삼키고들 있었다.

마지막 여행을 떠나는 그를 보기 위해 여러분은 여기 모였습니다. 사제가 늘어선 마을 사람들을 향해 입을 열었다. 우리 인생에서는 어떤 것도 헛되지 않습니다. 관 주위로 촛불이 켜지고 사제는 이렇게 말을 이어 갔다.

홀연히 먼 기억 하나가 살아났다. 테오필과 잔이 여남은 마리의 젖소를 치고 있을 때였다. 라봉당스종(種) 젖소였다. 겨울 여섯 달 동안, 소들은 낮이나 밤이나 외양간에서 지낸다. 일 주일에 한 번 테오필은 빗질을 해주었고 필요한 경우엔 꼬리털을 잘라주었다. 그 털은 매트리스를 채우기 위해 모아 두곤 했다.

착유기가 없었기 때문에 손으로 젖을 짰다. 잔의 솜씨가 빨랐다. 매일 저녁 외양간을 치우고 소들에게 물을 먹이는 것이 내 일이었다. 소가 물을 마실 때 목에서 나는 소리는 마치 홈통으로 쏟아져 들어가는 수도관의 물을 연상케 한다. 똥을 모아 둔 무더기로 소똥을 실어 나른 후 그 외바퀴 수레를 씻었고, 필요할 때는 가축 사료 부대를 내오기도 했다.

사료들은 화재에 대비하여 본채에서 떨어져 지은 그르니에라 불리는 목조 건물에 보관했다. 그 계곡지방에서는 집집마다 그르니에를 한 채씩 가지고 있었다. 미지 셸리언 범선처럼 튼튼하게 지어졌는데 출입문이 두껍고 작아서 들어가려면 몸을 굽혀야 했다.

테오필의 그르니에 내부는 마치 그의 영혼과 같았다. 인내와 에너지, 그리고 기민함이 단정하게 충만된 저장고였다. 부대를 어깨에 진 다음 몸을 굽혀 좁은 입구를 빠져 나와 장화를 신은 오른발로 문을 차 닫는다. 그런 후 얼음이 언 계단을 내려온다. 한 번은 잊고 문을 열어 둔 적이 있었는데, 테오필은 갖가지 있을 만한 적들의 명단을 내게 열거하면서 호되게 나무랐다. 여우, 들고양이, 족제비, 곰, 두더지, 까마귀, 길 잃은 개, 심지어는 올빼미까지. 문을 열어 두는 것은 안에 든 것을 망치라고 그 모든 놈들을 초대하는 것이라고.

외양간에는 부대에 들어 있던 사료를 채워 두는 나무 궤가 벽 쪽으로 놓여 있었다. 테오필과 잔은 매일 밤 젖 짜는 동안 소들이 먹도록 그 궤에서 들통으로 사료를 퍼 소들에게 주었다. 궤를 덮는 나무 덮개가 얼마나 무거웠던지, 또 얼마나 단단히 닫혀 있었던지. 그 어떤 짐승도 거긴 침입할 수 없었다. 테오필이 직접 만든 궤였다.

요즘 젊은이들은 더 이상 위험을 감수하려 하지 않고 가업에 대한 의식도 없다고 테오필은 말하곤 했다. 자신이 물려받아 일해 온 땅을 자기 아들들이 이어받지 않을 것을 이미 알고 있다는 뜻이었다.

두껍고 뻣뻣한 종이로 된 부대를 비우려면 흰 실로 봉합된 곳을 헐어야 했다. 실을 자를 칼이 필요하다. 궤 위에 매어 둔 선반에는 정전 때를 대비한 비상용 전등과 나무 손잡이의 주머니칼이 항상 놓여 있었다.

아무 데나 칼을 대서는 안 된다. 꼭 한 군데 매듭을 정확히 끊어야만 실 전체가 힘들이지 않고 풀려 나온다. 다른 곳을 자르면 종이를 찢거나 매듭을 풀거나 하는 수고를 해야 한다. 정확한 장소에 칼을 대면, 그 실을 당기는 재미가 마치 팽이를 돌릴 때와 같다. 순식간에 풀려 나오는 실에서는 윙 하는 경쾌한 소리마저 들려온다.

침침한 불빛 아래 때론 제자리에, 때론 엉뚱한 곳에 칼을 대곤 했다. 테오필은 여러 번 내게 보여주었다. 아무 말 없이 보여주기만 했다. 그저 칼을 갖다 대고 실을 당겼다. 무언(無言)의 교수법이었다.

그 선반 아래엔 커다란 못 하나가 돌벽에 박혀 있었다. 부대에서 나온 실들을 이 못에 걸어 두었다. 실들 또한 요긴하게 쓰였다. 젖을 짤 때면, 소 왼쪽 뒷다리와 꼬리를 묶어 두는 데도 이 실이 사용되었다.

우리 인생에서는 어떤 것도 헛되지 않습니다. 사제가 말했다.

[18]

시프노스 섬

내 나이 열여섯 시절에 런던 전차 차고—강 남쪽의 뉴크로스 거리에 있었던 것이 맞는지?—에서 받은 인상은 강렬한 것이었다. 무엇보다 전차의 수가 백 대가 넘었다. 다음으로는 그 전차들이 서 있는 간격이었는데, 거리에서 다닐 때보다 훨씬 가깝게 밀집해 서 있었다. 밤이면 빈 전차들이 사람 어깨 정도의 간격을 띄우고 조용히 서 있었다. 뒤편 창유리가 둥글고, 양 끝에 가파른 나선형의 층계가 있는 긴 이층전차였다. 새벽이 오면 전차들은 날이 채 새기도 전에 저마다의 궤도를 따라 도시의 곳곳으로 흩어져 갔다.

에게해를 항해하는 커다란 그리스 배들이 뱃전이 닿을 듯 촘촘히 늘어서 있는 피레우스항의 부둣가에서 걸음을 재촉하고 있을 때, 홀연히 그 차고의 기억이 머릿속에 떠올랐다.

시프노스행 배는 정원의 1.5배를 태우고 있었다. 성령강림절 토요일의 이른 아침이었는데 날씨는 벌써부터 더웠다. 갑판은 선교와 굴뚝 아래, 구명 보트와 환기통 아래 할 것 없이, 그늘이 지는 곳은 어디든 사람들이 차지하고 있었다. 갑판과 선실을 이어주는 승강계단에서 그리스식 커피향이 퍼져 올랐다. 승무원들은 한 명도 빠짐없이 선글라스를 끼고 있다. 열풍은 불지 않았고 바다는 조용했다.

두 시간쯤 항해하자 육지는 우리 뒤로 사라지고, 길게 이어진 섬들을 따라 키클라데스 제도(諸島)로 들어가기 시작했다. 바구니 속에 갇혀 먼 장에 가는 깃 쳐지고 졸린 닭처럼, 승객들은 그예 모두 쳐져 있다. 아래쪽 라운지에서는 여자와 아이들이 —남자들은 이리저리 옮겨 갈 때마다 늘 의자를 들고 다닌다— 의자에 앉거나 바닥에 드러누워 부채를 부치고 있다.

젊은 사람 여기 좀 보세! 대체 이게 뭔가. 늙은 여인이 흰 옷의 선원에게 불평한다. 신을 벗고 카펫 위에 주저앉아 검은 치마를 무릎 위까지 올리고 있다. 타려고 기다리던 승객들을 막을 수가 없었어요. 거기 그렇게 앉는 것이 더 편하지 않나요? 선원이 말했다. 한번 봐, 이 꼴을 한번 봐! 여인은 그러면서, 마치 긴 항해 동안 더 이상 할 말이 없다는 듯, 입을 닫은 채 서로의 몸을 베고 누워 있는 수많은 사람들을 가리켰다.

바다에서 보는 섬들의 아름다움이란 소문 그대로 형용하기 힘들 정도였다. 푸른. 수정 같은. 꿈같은.(하루의 끝이 오면 수평선은 하늘을 만나기 위해 위로 떠오르는 것 같았다) 우주 원자론이 최초로 생겨난 곳이 다름 아닌 이곳 에게해였다는 사실을 기억하는 것이 중요할지도 모른다. 그랬다. 보이는 모든 것이 또렷하게 저마다 있고 무한한 공간에 둘러싸여 있다.

이 섬들에는 대리석과 염소와 왕들밖에는 없다고 아이스킬로스는 썼었다. 오후의 한 중간에 배는 우리를 시프노스 섬에 부려놓는다. 고맙게도 이 섬엔 올리브나무와 월계수, 포도나무와 히비스커스, 선인장도 있다.

노새가 다니는 길 옆에 자리한 작은 묘지에는, 수레만한 크기의 예배당에 촛불이 타고 있었는데, 아카시아 나무 아래, 남자 셋이 두 마리 염소의 다리를 묶어 걸고 가죽을 벗기고 있었다. 피 냄새를 맡은 개들이 낑낑대고 있다. 부활절 다음 오십 일째 날, 내일이 바로 성령강림절 축일이었다. 교회에서는 유칼립투스 잔가지들을 나눠 주고 사람들은 염소고기를 먹을 것이다.

그때 홀연히 빛이 스쳐 지나듯, 내 시선은 묘지 너머 바다를 향했다. 그러면서 나는 내게 물었다. 대체 여기서 육체는 무슨 의미인가? 그리스어로 '사르카'인 육체. 세상의 모든 남녀들은 그들이 살고 있는 땅의 지형과 기후 그리고 다른 자연조건에 따라, 그들의 몸을 저마다 다르게 마음속에 그려 왔다. 땅에 따라 산물이 다르듯, 몸에 대해 마음이 그려내는 이미지 또한 각기 다르다. 에게해의 이미지는 어떤 것일까. 스쿠버 다이빙과는 다른 그런 이미지 말이다.

육체는 여기서는, 유일한 부드러움이다. 애무를 생각나게 하는 유일한 재료다. 눈에 보이는 다른 모든 것은 날카로운 광물질로, 부서져 있고 비틀려 있다. 육체는 여기서, 조각된 단단한 금속으로 죄다 덮인 성상에서 겨우 드러나 있는 작은 채색 부분과도 같다.(성당마다 이런 성상을 볼 수 있다) 육체는 상처이며 동시에 치유다. 여기를 보게! 우리를 좀 봐! 늙은 여인은 선원에게 말했었다.

그리하여 원래 잔혹한 존재인 육체는, 미처 쾌락을 알기도 전에 잔혹함을 먼저 알아 버리는 것이다. 해서, 신학자나 철학자뿐 아니라 모든 사람은 끊임없이 육체로부터 형이상학으로 기울어 간다. 이런 기울어짐에는 말이 필요치 않다. 그저 흘끗 한번 보는 것만으로 족하다. 여기서는, 모든 사람들이 동경(憧憬)의 전문가들이다. 조금이라도 잔혹함이 덜한 삶, 그런 한 조각의 삶에 대한 기나긴 바람에 익숙하지 않은 사람은 아무도 없다. 묘하게도 이런 것들은 아름다움과 공존하면서 아름다움의 한 부분을 이루고 있다.

그리스에서 약탈되어 지금 세계의 여러 박물관에 있는 조각들은 이상하리만치 비관능적이며, 바로 이런 사실에 의해 그 조각들이 그리스 것으로 확인되기도 한다. 예술에서의 관능은 육체와 자연의 연속성, 그 공모(共謀)에 대한 하나의 찬양이다. 그러나 여기서는 그런 공모를 찾아볼 수가 없다. 고전적 조각가들이 찾아 마지않았던 저 이상적 조각상도 실상은 쓸쓸한 육체에 대한 위로에 다름 아니었다. 내게는 이제, 곁에 누에서 닌 없이 우구뇌닌 농성이 그 모든 조각품을 통해 전해지고 있는 것으로 여겨진다.

그리고 사천 년 전의 키클라데스 조각들은, 그 대리석이 부드럽고 잘 빚어질 듯이 보이도록, 무연(無緣)한 세상 한가운데의 벗은 남녀들이 마치 효모를 넣지 않은 빵덩이처럼, 있는 그대로 보이도록 만들어져 있다.

밤이 내렸고 매미들이 소리를 높였다. 이런 일은 올해 처음이에요. 도대체 그칠 줄을 몰라요. 여름 내내 갈 것 같아요! 주인 아주머니가 우리에게 말한다.

"나는 늘 애도할 겁니다." 배를 타고 있던 사람들, 산 위의 양치기들, 아카시아 나무 아래의 남자들, 그리고 여기 테이블에서 와인을 마시고 있는 우리를 위해 발언하는 작가 오디세우스 엘리티스는 그렇게 썼었다. "듣고 있나요, 당신? 천국에 홀로 있는 당신을 늘 애도할 겁니다."

끝없는 동경.

23번 전차에서는 자리가 비면 언제나 위층 제일 뒷자리에 앉곤 했다. 거기서는 머리 위 전깃줄에서 흩어지는 스파크 소리를 들을 수 있었다. 전차가 궤도를 따라가듯, 나는 거기 앉아 섬들과 태양 아래의 여인과 바다를 꿈꾸곤 했다. 그땐, 오디세우스 엘리티스의 놀라운 시들을 알지도 못했을 때였다.

"마침내 ─날 미쳤다고 해도 좋아요─ 우리의 천국이 근거 없는 것임을 내가 깨달을 때까지."

[19]

전구를 그린 그림

로스티아가 자기 스튜디오로 나를 초대했다. 그는 평생 처음으로 자기 스튜디오를 가지게 되었다. 몇 년 전만 해도, 맑은 날이면 파리 북쪽 어딘가에 있는 뼈대만 남은 헛간에서 그림을 그리곤 했다. 파리 시가 배정해 준 새 스튜디오는 샤트네 말라브리에 있었다. 그는 1954년 프라하에서 태어났다.

1980년대 초, 그가 밤에 생 미셸 대로에서 크레이프 과자를 팔고 있을 때 우리는 처음 만났다. 프랑스어를 다뉴브 강을 생각나게 하는 악센트로 발음했는데 오랫동안 군에 복무하다가 갓 제대한 사람처럼 보였다. 자유가 되어서 기뻐요, 이제 혼자가 됐어요. 장교 같은 것 아니죠, 이젠 상병도 아니죠. 이젠 민간인 생활에 조금씩 적응하고 있죠. 그렇게 말하는 것 같았다. 하지만 실제로 그는 체코군은 물론 어떤 군대에도 가 본 적이 없었다. 성장과 이주, 거부와 생존의 긴 투쟁은 그에게 군 복무와 같았다. 마치 끝없는 기동 연습 같았다. 그 시절 그의 유일한 꿈은 휴가를 얻는 일이었다. 그리하여 자신의 손이 닿는 것이면 무엇이든 미친듯이 그림을 그리는 것이었다.

그의 그림들은 쓰레기를 생각나게 했고, 다소 전복적이었으며, 다루기 어렵다는 점에서 기억에 남았다. 쓰레기 같다는 것은, 험하게 그려졌고 아무거나 손에 잡히는 대로 그렸다는 점에서 그랬다. 또한 그림을 오래 들여다보고 있으면 그 추상적으로 흩뿌려진 물감 속으로 이빨을 드러낸 새끼 염소나 개가 갑자기 드러나기도 하는 것에서 전복적이었다. 다루기 어렵다는 것은 어떤 양식에도 맞지 않았기 때문이다. 잃어버리지 않도록 붉게 칠한 망치 자루처럼, 그림들은 그 자체로만 존재하는 것들이었다.

나는 부랑아 같은 그 그림들과 그가 마음에 들었다. 우리는 모자를 뒤로 젖혀 쓰고 마치 무명 작업복 바지를 입은 것처럼 다리를 드러내 놓은 채, 자주 맥주를 마셨다. 말이 통하는 범위 내에서 우리는 재미있는 얘기를 서로 주고받곤 했다.

당시의 로스티아는 스스로 그럴 만하지도 못했을뿐더러 여자들도 그를 거들떠보지 않았다. 여자들은 그를 서커스 포스터에 나오는 곰 정도로 치부했다. 군에 오래 있었던 사람들처럼 그 역시 약간 편집증적인 데가 있어서, 이런 상황을 호전시키지 못했다. 때때로 도대체 무슨 말을 하고 있는지 알아듣기 힘든 때도 있었다.

함께 술을 마시면서 헤겔이나 루카치, 파울 클레나 드보르자크 등을 언급한 적은 단 한번도 없었다. 우리는 많은 것들을 당연한 일로 생각해 그냥 넘겼는데, 그의 몸집은 혹시라도 술집에서 싸움이라도 나면 의지하려고 생각했을 정도로 엄청났고, 눈은 무시무시하게 빛나고 있었다.

언젠가 어깨동무를 하고 다리들을 지나 돌아오면서, 우리는 문하나의 크기가 트럭만했던 프라하의 목조 관문들을 떠올렸다. 우리 둘 모두에게 그 순간만큼은 센 강이 블타바 강으로 바뀌어 있었다.

샤트네 말라브리의 스튜디오에 도착해 보니, 그의 딸 안드레아가 흔들침대에서 막 잠이 들려 하고 있었다. 곧 두 살이 된다고 했다. 로스티아는 이제 크레이프 장사는 그만두었고 건축 사무실에서 도면 그리는 일을 시간제로 한다. 그와 로렌스의 잠자리는 스튜디오 공간이 내려다보이는 다락에 있었다. 우리는 그 침대옆 테이블에서 식사를 했다.

최근에 그린 그림을 봐 달라고 했다. 스튜디오 바닥으로 내려가, 틀을 떼어낸 캔버스를 스테이플러로 벽에 하나씩 하나씩 붙였다. 커다란 그림 하나는 로렌스도 거들었다. 위에서 내려다보니, 민첩하게 균형 잡힌 그녀의 작은 모습이 서커스에서 곰과 함께 요술 자전거를 타는 사람처럼 보인다.

그림에서 이제 부랑아 같은 모습은 찾아볼 수 없었다. 다루기 힘든 것은 여전했지만, 절대적인 자신감을 읽을 수 있었다. 제재는 늘 같았다. 전깃줄에 매달려 있는 전구와 전등갓이었다. 그러나 각 캔버스들에는 저마다 다른 광대한 풍경들이 그 전등 불빛 아래 드러나 있었다. 어떤 지역들의 풍경? 중부 유럽도, 프랑스도, 켈트 지방도 아니었다. 지표면 어딘가의 한 자락을 두 개, 세 개, 혹은 네 개의 전구가 마치 한 가족처럼 비추고 있었다. 보면 볼수록 뛰어난 것임을 나는 확실히 알게 되었고 더 깊이 생각에 잠기게 되었다. 내가 영어로 글을 쓰는 가장 영향력있는 미술비평가 중의 하나라는(혹은 하나였다는) 신문 기사를 가끔 본다. 하지만 파리 또는 다른 어느 곳에서나, 내가 아는 미술품 거래상은 한 사람도 없다. 전무하다.

나나 로스티아가 미술품 전문 거래소의 고위직과 마주치는 일은 없을 것이다. 우연히 실제 그런 사람과 만나게 된다 하더라도, 우리를 어떤 시골 서커스단에서 온 사람들 정도로 바라볼 것이다. 나는 이 그림들이 액자에 넣고, 전시하고, 팔리고, 집에 걸어 둘 만한 그림이란 걸 알고 있다. 하지만 그런 쪽에서 내 능력은 전무했다.

로스티아가 이런 내 생각을 멈추게 한다. 왜 그래요? 저 어두운 그림이 맘에 안 들어요?

안드레아를 위해 한 잔 할까. 그렇게 말하긴 했지만 괴로운 좌절감은 떨칠 수가 없다. 나는 저 맹렬하게 그려진 캔버스가, 그 그림 자체가 지닌 위엄만으로 세상에 내보이는 것을 보고 싶었다.

우리는 물감을 만들어서 쓰면 튜브로 사는 것보다 얼마나 싸게 먹히는지에 대해 얘기하기 시작한다. 로스티아는 오일과 템페라를 따로 마련해 썼다. 카드뮴 옐로 깡통을 들어 보였다. 그러면서 아마씨 기름이 든 병을 열더니 내게 한 모금 마셔 보라는 듯이 건네주었다. 먹으면 어떤 효과가 있는지 이 사람은 알까?

아마씨 기름의 냄새를 맡으니 그제야 좌절감이 잊혀진다. 다시 열두 살 때로 돌아가 있었다. 처음으로 유화 물감 한 상자와 연습장 크기만한 팔레트를 가지게 되었던 때였다. 물감이 담긴 튜브들은 먼 나라에서 온 꿈 같은 이름을 달고 있었다. 인디언 레드, 나폴리 옐로, 짙은 엄버, 원색 시에나. 그리고 눈보라에 날리는 눈송이를 연상시키던, 그 신비한 이름의 플레이크 화이트.

그 기름(창유리 접합제를 섞을 때 쓰이기도 하는) 냄새는 나를 반세기 전의 약속으로 되돌아가게 했다. 그리고 또 그릴 것, 한평생 매일 그릴 것, 죽을 때까지 다른 것은 말고 그림만 생각할 것이라던.

[20]

안티고네를 닮은 여자

아마도 가로 0.8미터, 세로 2미터쯤 되리라. 열차 침대칸 크기 정도다. 오크 나무는 아니지만 더 따뜻한 느낌의 배나무로 되어 있는 책상. 거기에 역시 나무로 된, 아마도 가족들이 아파트로 처음 옮겨 온 이십년대부터 놓여 있었을, 바우하우스풍의 테이블 램프 하나. 거의가 수공으로 만들어진 듯 보이는, 하지만 그녀가 단 한순간도 신뢰하지 않았던 근대성의 약속, 그 약속에 맞게 만들어진 소박하고 기능적인 램프.

그녀가 집에 있는 동안 공부하고 잠자던 방에 그 책상이 놓여 있다. 이리저리 휘돌던 그녀의 삶에서, 다른 어디에서보다 이 책상에서 더 많이 읽고 썼을 것이다.

그녀를 아는 사람을 만날 수가 없었다. 사진들은 많이 보아 왔다. 사진을 보고 그녀의 초상을 그려 보기도 했다. 아마 이 때문에 그녀를 오래 전부터 알아 왔다는 야릇한 느낌을 갖고 있는지도 모른다. 나는 그녀에게 여러 가지 복합적인 감정을 느낀다. 육체에 대한 혐오, 나 자신의 부족함에 대한 자각, 그녀가 줄 것 같은 사랑의 기회에 대한 들뜬 기분 등. 플라톤의 『티마이오스(Timaeus)』에서처럼 가난을 어머니로 삼아 생겨난 사랑. 그녀는 늘 의문의 여지 없이 나를 당혹시키곤 했다.

지난 주 파리에서 그 책상을 보았다. 책상 뒤에 있는 책꽂이에는 그녀가 보던 책들이 꽂혀 있었다. 책상과 마찬가지로 그 방 역시 작고 길쭉했다. 책상에 앉는 자세에서 왼쪽으로 출입문이 있다. 문은 복도로 이어져 있는데, 맞은편에 아버지의 진찰실이 있었다. 복도를 따라 현관으로 걸어 나오면 왼쪽이 대기실이었다. 그녀의 방문 바로 바깥에 병든 사람들 혹은 병에 걸렸는지 불안해 하는 사람들이 있었다. 아버지가 사람들 씻비고 맞는 인사 소니를 들을 수 있었을 것이다.

봉주르 마담, 앉으세요. 어디가 불편하지요?

책상 오른쪽은 창문이다. 북쪽을 향한 커다란 창이다. 오귀스트 콩트가(街) 육층에 위치한 아파트는 낮은 언덕에 자리잡고 있어서, 바로 아래의 뤽상부르 공원부터 사크레 쾨르까지 파리 전체가 내다보인다. 그 창가에 서서, 창을 열고, 겨우 비둘기 네 마리 정도 앉을 수 있는 발코니 쇠 난간에 기대어, 저 지붕들과 역사를 넘어 상상 속으로 비행한다. 상상 속의 비행에 꼭 맞는 높이다. 한 시대가 끝나고 다른 시대가 시작되는 도시의 먼 외곽, 그 방벽들을 향해 날아가는 새들의 높이. 그런 비행이 이 도시만큼 우아한 곳은 세상 어디에도 없다. 그녀는 창 밖으로 보이는 그 풍경을 사랑했고, 그것들이 가진 특권의 부당함에 깊이 절망했다.

"진리와 고통은 자연스런 동류이다. 둘은 우리 존재 안에, 영원히 말없이 서 있도록 저주받은 침묵의 애원자들이기 때문이다."

그녀는 파리 고등사범학교 입학시험을 준비하던 앙리 4세 리세(프랑스의 중등교육기관—역자) 시절, 이 책상에서 글을 썼다. 그때 이미, 그녀 평생을 이어 갔던 일기의 세 권째를 시작하고 있었다.

그녀는 1943년 8월, 영국 켄트 주 애시퍼드의 한 요양소에서 죽었다. 검시 보고서는 사인을 '굶주림과 폐결핵에 기인한 심장 근육 변성. 그에 따른 심부전'이라고 적고 있었다. 서른네 살의 나이였다. 법적 사인은 자살이었다. 굶주림은 단식에 의한 것이었다.

그녀의 글씨에서 볼 수 있는 특징은 무엇일까. 어린 학생들의 글씨처럼 끈기있고 공들여 씌어 있는데, 글자 하나하나가 ―로마자든 그리스 글자든― 이집트 상형문자의 모양을 하고 있다. 마치 단어를 이루는 개개의 글자 모두가 저마다 육신을 가지기를 원한 것처럼.

여러 곳을 옮겨 다녔고 묵었던 곳에서마다 글을 썼지만, 그녀가 쓴 모든 글들은 이 자리에서 씌어진 것처럼 여겨진다. 손에 펜을 쥘 때마다 마음은 그 첫 생각을 꺼내기 위해 늘 이 자리, 이 책상으로 돌아왔다. 쓰기 시작하면 책상은 잊혀진다.

어떻게 아느냐고? 대답은 나도 할 수 없다.

그 책상에 앉아, 나는 그녀 삶의 전환점이 되었던 한 편의 시를 읽는다. 그녀는 상형문자 같은 그녀의 글씨로, 그 영어로 된 시를 베껴 쓰고 외웠다. 절망이 엄습하거나 편두통에 시달릴 때면 마치 기도하듯이 그 시를 암송했다.

그러던 중 어느 순간, 그리스도의 육체적 현존을 느끼게 되는 전율할 만한 경험을 한다. 아주 쉽게 눈앞에 나타나는, 신약성서에 나오는 기적과도 같은 환영들에 아연하게 된다. "…그리스도는 순식간에 나를 지배했고, 나의 상상력과 감각은 어떤 역할도 하지 않았다. 고통을 가로질러, 사랑하는 사람의 얼굴에 나타난 미소에서 읽을 수 있는 그런 사랑의 현존을 그저 느끼기만 했다."

오십 년이 지난 지금, 조지 허버트의 그 소네트를 읽는 나에게, 시는 하나의 공간, 하나의 집이 된다. 그 집에는 아무도 없었다. 사하라 사막에 가면 볼 수 있는 무덤과 집들처럼 그 안은 돌로 만든 벌집 모양이었다. 살아오면서 많은 시를 읽어 왔다. 하지만 시를 찾아가 그 시 안에 머물러 본 것은 이번이 처음이었다. 낱낱의 시어들은 내가 찾아든 집을 이루고 있는 돌멩이들이었다.

아파트 입구(지금은 들어가려면 비밀번호를 눌러야 한다) 위 벽에 명판이 하나 붙어 있다. "철학자 시몬 베유, 1926년에서 1942년까지 여기서 삶."

[21]

얘기하고 있는 친구
구진을 위하여

내가 마치 고대 그리스인들처럼 죽은 이와 죽음에 대한 글을 주로 쓰고 있다는 생각이 때때로 든다. 산 사람이어야 지닐 수 있는 급박한 심정으로 그리 한다는 말밖에는 덧붙일 것이 없다.

아비딘 디노는 파리 시가 서민 아파트 구층에 화가들을 위해 마련해 준 스튜디오에서 사랑하는 구진과 함께 살았다. 그들은 거기서 행복했지만 스튜디오와 딸린 방을 모두 합해도 장거리 버스 승객에게 주어진 공간 정도밖에 되지 않았다. 번역물, 시, 편지, 조각, 데생, 수학 모형, 라키(터키 전통음료—역자), 코코아 아몬드, 구진의 터키어 라디오 프로그램 카세트, 멋진 옷(둘 다 개성있는 멋쟁이들이다), 신문, 조약돌, 캔버스, 수채물감, 사진— 이런 모든 것들로 꽉 차 있었다. 그곳에 찾아갈 때마다 나는, 마치 아비딘과 구진이 그들의 이동주택을 이리저리 몰고 다니면서 보여주는 것 같은 풍경, 이를테면 대(大)아나톨리아의 광대한 풍경과 그 공간을 머리 한 가득 채우고 돌아왔다.

아비딘은 이번 주 파리의 빌쥐프 병원에서 세상을 떠났다. 목소리를 못 내고 말을 하지 못하게 된 지 사흘 만에 사망한 것이다.

새로 낼 책에서 과장하지 말게. 지나치게 표현할 필요가 어디 있는가. 리얼리스트로 남아 주게. 일 주일 전 들었던 이 말이 내겐 마지막 말이 되어 버렸다. 그는 자기가 앓고 있던 암에 대해 리얼리스트였다. 얼마나 위중한 상태인지 알고 있었다. 하지만 그가 자신의 건강상태를 말하면서 사용하는 형용사는, 꽉 조이지만 신고 먼 길을 갈 수밖에 없는 신발을 얘기할 때 쓰는 형용사와 같은 것이었다.

남아 있을 때 그의 이미지는 인세나 실, 내상(隊商)들의 숙사(宿舍), 항해 같은 것들로 내게 다가왔다. 그에게는 여행자의 조심성이 있었다. 페르시아의 시인 사디가 썼던 것처럼.

길에서 잠드는 자는 모자뿐 아니라 머리도 잃으리.

스튜디오의 작은 벽감 책꽂이 앞에서, 그리고 밤이 되면 접어야 하는 휴대용 이젤 앞에서, 그는 여행하기를 멈추지 않았다. 행성이 되어 버린 여인들을 그렸다. 지진계의 기록침으로 그려낸 것처럼 환자들의 고통을 그렸다. 얼마 전에는 고문당하는 사람을 그린 그림의 복사본을 내게 주기도 했다.(그의 여러 친구들처럼 그 역시 터키에서 투옥됐었다) 구층 승강기 쪽으로 함께 가면서 말했다. 그것들을 한번 보게. 먼 곳으로부터 낱말들이 언젠가는 자네에게 닿게 될 걸세. 하나 혹은 두 낱말. 그것으로 충분할 걸세. 그는 꽃을 그리기도 했다. 꽃의 목〔花喉〕을, 사랑을 향한 그 보스포루스 해협을. 여든의 나이로 이번 여름 실제로 보스포루스 해협의 한 얄리(터키의 민박형 숙소―역자)에 머물면서 신비로운 부호가 들어 있는 흰 문을 그렸다. 그 얄리에는 없는, 먼 곳에 존재하는 문이었다.

그가 죽은 날 밤, 나는 새벽 이른 시간에 잠에서 깼다. 그가 죽었다는 느낌에 깨어났고 그를 위해 기도했다. 그와 동행할, 어디엔가 있을 천사가 그를 좀더 잘 볼 수 있도록, 나는 망원경 속의 렌즈가 되고 싶었다. 아마 도움이 안 될 것이지만. 조금은 도움이 될지도 몰랐다. 그 시간, 어떤 독립된 단색도 그 자리를 차지할 수 없는, 빛으로 충만한 하얀 종이 한 장과 마주하고 있는 느낌이었다.

그런 후, 평온 속에서 다시 잠들 수 있었다. 다음날 아침 일찍, 친구 셀추크가 전화로 아비딘의 죽음을 알려 왔다.(내가 깨어나기 두 시간 전에 병원에서 운명한 것이다)

이번에는 슬퍼하는 개처럼 목메어 울었다. 슬픔은 동물의 것이다. 고대 그리스인들은 이 사실을 알고 있었다.

사람들은 귀인(貴人)의 죽음에 대해 밝은 빛 하나가 사라져 갔다고 표현한다. 상투적으로 그렇게 말한다. 하지만 사라진 뒤의 어스름한 황혼이란 표현이 훨씬 나은 것 같다. 내가 보았던 흰 종이는 숯이 되어 갔다. 숯, 검정, 그것은 부재의 색깔이다.

부재? 나는 아비딘이 이번 여름에 그렸던 흰 문 위의 부호에서 그가 마지막 몇 개월 동안 그렸던 일련의 데생과 그림들을 함께 떠올린다. 군중을 그린 것들이었다. 각각 구별되지만, 분자 모형처럼 그 기운들이 함께 얼려 있는 무수한 얼굴 이미지들. 하지만 불길하지도 상징적이지도 않았다. 그가 처음 보여주었을 때, 나는 그 얼굴들이 해독되지 않은 어떤 문서 속의 글자들 같다고 생각했다. 신비스런 우아함과 아름다움을 지닌 얼굴들이었다. 이제 나는 스스로 묻는다. 아비딘이 혹 이전의 다른 생을 살았던 것은 아닌가 하고, 그 얼굴들은 이미 죽은 사람들의 것은 아닌가 하고.

순간 그의 대답이 들려 왔다. 문득 그가 인용하던 이븐 알 아라비(이슬람 신비주의자―역자)의 말이 떠올랐던 것이다. "내게는 이제까지 살았고 앞으로 살 모든 사람들의 얼굴이, 아담의 때로부터 세상 끝날 때까지의 얼굴이, 또렷이 보인다."

[22]

소 곁에 앉은 두 남자

새해 첫날, 루이는 블랑켓(살이 부드러운 소—역자)이 새끼 낳는 것을 도와 달라고 나를 불렀다. 루이는 손으로 블랑켓의 꼬리 끝부분이 말랑말랑해졌는지 쥐어 보면서, 아침부터 벌써 스무 번이나 외양간을 드나들었다. 소는 새끼를 낳기 직전에 꼬리 끝이 부드러워진다. 바깥은 천지가 하얗다. 배나무 가지에는 배낭만한 눈 뭉치들이 달려 있었다. 양수는 이미 터졌는데 뒷다리가 하나밖에 보이지 않고 다른 다리는 도무지 나오지를 않았다.

다른 다리를 빼내려고 루이가 팔을 집어넣었다. 겹으로 접혀 있었다. 하지만 안이 너무 미끄러워 아무리 애써도 바로 돌려놓을 수가 없었다. 오, 주여! 그가 탄식했다.

나는 블랑켓의 어깨에 막대기를 대고 있는 힘을 다해 척추 쪽으로 밀었다. 압력을 가해 골반이 벌어지게 하려는 것이었다. 그러는 사이 루이는 팔을 팔꿈치까지 넣어 송아지의 다리를 돌리려고 애를 썼다. 이제 됐다! 그가 씩씩거리며 소리쳤다.

끈을 넣어 그 다리를 걸었다. 천천히 잡아당기자 두 다리가 함께 나왔다. 갈색과 분홍색이 얼룩처럼 묻은 흰 다리였다. 털의 색과 피의 색, 우리 모두가 잊고 있는 저 힘든 산도(産道)의 아름다운 핏빛이었다.

송아지는 우리 손을 타고 바닥에 깔린 짚 위로 미끄러져 내렸다. 눈을 뜨지 못했다. 루이가 송아지의 머리에 찬 물을 한 통 부었다. 한 번 숨을 내쉬었다. 겨우 한 번의 호흡. 수놈이었다. 흰 혀가 입 모서리로 축 늘어져 나왔다. 루이가 입을 벌렸고 나는 목구멍으로 숨을 불어넣었다. 루이가 심장 마사지를 했다. 혀 위로 놀브랜디를 부어 넣기도 했다. 너무 오래 끌었어! 루이는 결국 그렇게 말했다.

루이는 남쪽 비탈에 서 있는 보리수나무 아래가 덜 얼었을 것이라고 어림했다. 괭이와 삽을 들고 눈 위를 터벅터벅 걸었다. 나는 다리에 그대로 묶여 있는 끈을 잡고 송아지를 끌었다. 송아지는 구덩이 속으로 미끄러져 들어갔다. 블랑켓의 몸 속에서 그랬던 것처럼 최소한의 공간에 그 생기 없는 몸을 접어 넣었다. 주둥이가 하늘을 향하고 있었다.

루이가 허리를 굽히면서 말했다. 사는 게 무언지 알지도 못하고! 그러면서 주둥이를 옆으로 돌려 주었다. 첫 삽의 흙덩이가 거기 닿지 않도록.

새해 첫날에 죽은 송아지는 조금은 잊기 힘든 나쁜 조짐이었다.

이제는 다른 소인 다치스(Duchess)가 배앓이를 했다. 아마 상한 풀을 먹은 모양이었다. 드러누운 채, 먹기를 거부했고 턱조차 움직이지 않았다. 소는 위를 네 개나 가지고 있지만 아주 약하다. 소화가 그들의 아킬레스건이다! 이 유순하고 예민한 동물에게 아킬레스와 견줄 것이 있다면 말이다.

루이는 귀를 만지며 소의 체온을 확인하고 눈을 들여다보고 꼬리를 잡아 본다. 수의사는 비싸다. 우리는 소의 복통에 효험있는 민간요법을 써 보기로 했다.

루이는 놀브랜디를 가지러 가고 나는 커피콩을 갈았다. 빈 식초병 속을 씻어낸 후 브랜디를 두 컵 담고 거기다 갓 뽑은 블랙커피를 부어 넣었다. 너무 뜨겁지 않은지 내가 맛을 봤다. 급한 마음에 커피가 식을 때까지 느긋하게 기다릴 수가 없었다.

우리는 병을 들고 외양간으로 돌아갔고, 루이는 벽 고리에 매둔 다치스의 고삐를 바투 묶은 후 한쪽 팔로 그 커다란 소머리를 들었다. 다른 손으로는 소의 입을 벌리려 했다. 소는 정신이 흐릿할 때는 엉뚱하게 군다. 입을 벌리려 하지 않았다. 손가락으로 소의 연분홍빛 잇몸을 누르고 입술을 힘껏 잡아당겼다. 결국에는 소가 입을 벌렸다. 나는 식초병에 든 것을 식도로 쏟아 넣었다.

우리의 다치스는 커피와 브랜디를 넘긴다. 그리고는 마치 작은 고래처럼 그 초식성 이빨과 함께 입을 닫아 버렸다. 섬세하게도 손가락은 다치게 하지 않는다.

이젠 기다리기만 하면 되네. 루이가 말했다.

[23]

가슴을 풀어헤친 남자

군중. 너무 대단한 군중이라 그 속에 함께 있어도 상상이 안 되
는 그런. 과거가 남긴 모든 것들로부터 어떤 미래를 이루려고, 터
져 나오고 모색하며, 속이며 성취하고, 희망하고 기다리며, 또 실
망하는 그런 군중.

시장 때문에 모인 군중이다. 나아지기 위해. 나중에 조금 나아
지겠다는 희망으로 현재에는 가난해지는. 부자들과는 무관한 시
장이다. 거기서는 아직도 말 한마디 눈길 한번에 값이 달라진다.
모두가 좋은 가격에 살 수 있을 것 같다. 팔려 버리면 손해일 것
같다.

낙지, 점화 플러그, 빗, 석류, 카세트, 돼지 오줌보, 샐러리, 헌
리본, 고리, 청바지, 새 구두, 헌 구두, 낡은 담배 파이프, 사모바
르(러시아의 물 끓이는 주전자―역자), 빵, 양고기, 검은 후추, 종
이, 베갯잇, 기저귀, 다리미, 향수, 닭 간, 아몬드, 경주용 헬멧, 무
화과, 나무숟갈, 카메라 등등….

숫돌을 하나 찾고 있었다.(소박한 기쁨―꽃을 꺾어 와 병에 꽂
는 아침, 잘 드는 칼, 잠에서 깬 후 찬 물로 하는 세수, 사랑하는
이가 보낸 한 통의 편지) 이 점포 저 점포를 기웃거린다. 산뜻한
것은 아무 데도 없다. 모두가 중고품에 먼지를 쓰고 있다. 하나씩
의 얘기는 다 가지고 있을 그런 물건들. 어떤 것은 산뜻함을 뛰어
넘는 어떤 자부심도 엿보인다.

사람들이 너무 빽빽해 걷기가 힘들었다. 사람들은 조약돌 사이
의 빈틈을 찾는 작은 물줄기처럼 앞으로 나아간다. 그 물줄기가
다른 사람에게는 또 다른 조약돌이 된다.

인구 통계 그래프야 신문에서 보면 되지만, 이런 군중들 속에
서는 손등에서 퍼져 나오는 따뜻함과 연료와 매니아소의 냄새,
시멘트 가루와 생선, 계피, 똥 냄새, 플라스틱 타는 냄새, 요오드
팅크, 꿀과 식초 등 이런 모든 것이 어우러진 냄새에 의해 장강의

흐름과도 같은 끈질기고 격렬한 생육의 에너지를 느낄 수 있다. 아크로폴리스 바로 아래 아테네의 오모니아 구역에서, 삶은 제 스스로를 강조하고 있다.

드디어는 숫돌 하나를 발견하고 침을 뱉어 잘 갈리는지 시험을 해 보았다. 주인은, 값을 물어 보기도 전에 사지 않으면 안 될 짓을 하는 내게, 무뚝뚝한 표정으로 고개를 끄덕인다. 날 위를 달리는 숫돌은 날렵하면서도 알갱이 긁는 듯한 소리를 낸다. 모래 위를 달리는 뱀 같은 소리.

얼마?

육백.

오백 합시다.

신문지에 숫돌을 싸 준다. 내가 장님 남자를 본 것은 그때였다. 흰 지팡이를 들고 있었고 셔츠의 단추를 풀어헤친 채였다. 다른 여느 사람보다 더 쉽게 군중 속을 움직이고 있었다. 무언가에 골똘한 얼굴 표정이다.

철물점 주인에게서 받은 오백짜리 지폐를 그 눈먼 남자가 벌린 손에 놓는다. 그는 멈춰 서서 나의 그 행동을 기다리고 있었다. 눈꺼풀이 영구히 감긴 상태(안경을 끼지 않았다)의 장님이었다. 손에 돈을 든 채 셔츠를 열어 가슴을 드러내 보인다. 창백한 가슴은 갈비뼈가 드러나 있다. 왼쪽 젖꼭지 아래에 작은 흰 천 조각이 반창고로 붙어 있다.

그리고 셔츠 안쪽에 브로치가 하나 꽂혀 있는 것을 본다. 천 조각이 덮고 있는 상처는 이 브로치 때문에 생겼을 거라는 생각이 곧바로 들었다. 동시에 브로치의 메달에 그려진 채색 수난상을 보고는 깜짝 놀랐다. 십자가가 아주 잘 그려져 있어서 마치 벨라스케스가 서른한 살에 그렸던 커다란 그림에서처럼, 십자가를 만지기 위해 손을 내밀 수도 있을 정도였다.

그 장님 거지는 셔츠를 열고 내가 그 세밀화를 다 볼 때까지 기다린다. 내가 보고 있다는 것을 그는 귀로 아는 것 같았다.

눈은 몸의 등불이니, 그는 자신의 의식문(儀式文)을 암송하기 시작했다. 만일 눈이 온전하면 네 몸은 빛으로 충만할 것이요, 눈이 온전치 못하면 네 몸은 어둠으로 가득할 것이라. 네 안의 빛이 어두워지면 그 어둠은 얼마나 큰 어둠이겠느냐.

「마태복음」의 한 구절이었다.

[24]

사빈 산맥의 집 한 채

그녀에 대해 확실히 알고 있는 사실은 딱 둘뿐이다. 첫째는 내 친구 리카르도의 어머니라는 사실이고, 두번째 것은 끝에 가서 말해 주겠다.

굽이치는 긴 구릉의 꼭대기로 먼지 날리는 길 하나가 이어지고 있다. 양 옆으로 가끔 펼쳐지는 가파른 경사는 구릉이라기보다 산이라는 이름이 걸맞을 정도이다. 올리브 숲과 두서너 채의 작은 집들을 지나, 무솔리니가 정권을 잡은 1920년대에 리카르도의 어머니가 태어난 마지막 집에 다다르고, 길은 구릉이 끝나는 그곳에서 또한 끝난다. 그곳에서는 마치 커다란 배의 뱃머리에 서서, 저 멀리 지평선으로 펼쳐져 있는 구릉과 계곡의 바다를 굽어보는 느낌이 든다.

거기로부터 북쪽 방향으로 언덕 꼭대기에 마치 하나의 요새처럼 작은 마을이 뻗어 있다. 결혼과 거래, 소송, 재산 이전, 합법 혹은 불법적 출생, 벌금 납부, 병역 복무, 범죄 고발, 갚은 빚과 안 갚은 빚 등 이 모든 것들을 기록한 마을 사무소의 산더미 같은 서류 더미에는, 세월이 흐르고 기록 건수가 줄어들면서 거기 담긴 나쁜 기억들은 다 잊혀지고, 같은 이름들—집성촌이었으므로— 만이 파도처럼 속삭이며 되풀이되고 있었다.

햇빛에 구운 흙과 돌멩이, 풀, 엉겅퀴, 도마뱀, 조개 껍데기 화석, 또 야생 꽃상추, 비가 쏟아지고 천둥이 치고, 그런 후 햇빛에 반짝이는 은빛의 젖은 올리브 잎, 다음날 길을 따라 걸을 때면 발목에 감겨 오는 따가운 이른 오후의 정적, 마치 유년기 그 자체처럼 끝없이 이어지던 이런 일상들, 그것들은 하루와 함께 길 저쪽 끝으로 꿈틀거리며 사라진 후 다음날 어김없이 다시 돌아왔는데, 어느 것 하나도 오래 붙잡고 있을 수 없었기에, 기억는 늘 생기로 기득 차 있었다. 아주 작은 체계 하나가 만들어지는 데도 여러 세대의 시간이 필요했다.

올리브 나무들은 여태 줄지어 서 있고 집 근처의 몇 그루는 벌린 손가락처럼 가지치기가 되어 있다. 하지만 돌보지 않은 채 무성해진 나무들 아래로 관목들이 테라스를 덮고 있는 곳도 있다. 길 앞쪽에 있는 집들은 수리가 되어 이전엔 듣도 보도 못하던 색들로 단장되어 있다. 폴리에스테르가 발명된 후로 생겨난 색들이다. 이제는 아무도 이 거리에 살지 않는다. 마지막으로 살던 사람들의 장성한 자식들이 주말에 들러, 무언가 볼 일을 보고 조금 쉬면서, 무화과가 익으면 따는 것이 고작이다. 하지만 지난 시절의 그 끝없던 일들은 이젠 더 이상 계속되지 않는다. 그리고 마지막 집 역시 아무도 돌보지 않고 버려져 있다.

리카르도의 어머니는 다른 젊은이들이 그랬던 것처럼 결혼을 하면서 이곳을 떠났다. 할아버지와 할머니는 마지막까지 그 집에서 살다가 돌아가셨다. 그런 후 사십 년을 비어 있다.

두꺼운 한쪽 벽에는 빵을 굽는 오븐이 있다. 그 아래쪽으로 땅을 파 만든 움은 당나귀와 말이 사는 외양간이다. 아래층 방에는 콘크리트로 만든 개수대와 타다 남은 깜부기불로 데우는 화덕이 있다. 날이면 날마다 달이면 달마다, 이 좁은 방은 끼니 때면 언제나 식구들로 시끄럽게 북적였다. 사다리처럼 가파르게 놓인 계단을 통해 부모의 침실로 올라가게 되어 있었다. 거기서는, 마치 앞갑판 밑 선원실처럼 달아 낸 아랫방으로 뛰어내릴 수 있다. 이 선원실이 아이들을 포함한 다른 여러 사람들의 침실이었다. 이 집에서 집안에 있다는 것은 여러 사람들과 가까이 부대끼는 것을 의미했다. 혼자 있고 싶으면 밖으로 나가 아래쪽에 있는 아무 바위에 가 앉으면 되었다.

아침에 잠이 깨면 가파른 계단을 미끄러져 내려와 뱃머리로 내달려 계곡을 본다. 매일은 꼭같은 날이었고 또 다른 날이었다. 혹 늦잠을 자고 그 자리에 조금 늦게라도 서는 때면, 등 뒤에서 말이

힝힝거리며 그 커다란 입술을 푸르르 떠는 것을 들을 수 있었다.

언제부터인가 긴 벽이 지붕 무게를 이기지 못하고 불룩하게 튀어나오기 시작했다. 기둥들도 휘었다. 습기 먹은 안개는 오래된 모르타르를 먼지로 풍화시키면서 어디든지 스며들었다. 문짝들도 더 이상 아귀가 맞지 않았다. 수리하면 집은 살릴 수 있겠지만 돈이 많이 들 것이다. 가족들간에 때때로 말들이 오갔지만 자식들 모두의 마음이 맞아야 했다. 누가 거기 살기라도 할 거니? 언제 할 거니? 복권 당첨될 묘안이라도 있니?

그러던 중 일 년 반 전에 리카르도의 어머니는 혼자 하나의 결단을 내린다. 재스민 나무 묘목을 한 그루 샀다. 자신이 태어난 길 끝집으로 가, 남으로 난 문 옆 양지바른 땅에 나무를 심은 후, 바람 불고 비 올 때를 대비해 막대기를 세우고 라피아 야자 노끈으로 묶었다.

재스민은 잘 자랐다. 오십 센티미터가 되었다. 이것이 내가 확실히 아는 두번째 사실이다.

[25]

바구니 안의 고양이 두 마리

굴뚝은 그 집의 한가운데를 뚫고 위로 솟아 있다. 해마다 겨울이면 ―남자가 이 집에 오기 전 비어 있던 몇 년을 제외하고는― 굴뚝은 부엌의 불로 데워졌고 불은 굴뚝을 따라 밖으로 나갔다.

불을 담는 난로야 바뀌었겠지만 다른 것은 아무것도 달라지지 않았다. 굴뚝을 설계하고 만들었던 석수(石手)는 건축이 완공되었음을 알리는 소나무를 지붕에 올렸던 그날 그랬던 것처럼, 오늘도 역시 자신의 작품에 자부심을 가질 수 있을 것이다. 그 옛날 저녁, 마을에는 축하연이 열렸을 것이고 사람들은 새로 지어진 이 집을 위해 축배를 들었을 것이다. 석수는 배나무로 만든 현관문 위 돌벽에 'C. J. 1883' 이라고 자신의 이니셜과 완공연도를 새겨 놓았다.

1993년 지금, 난로 뒤쪽으로 땔감 나무가 반쯤 담긴 장바구니가 하나 놓여 있다. 또 다른 석수가 만든 바구니였다. 석수는 마을 끝으로 달리고 있는 국도의 경사벽을 만든 사람으로, 나이가 들고 아내도 먼저 가 버리자 취미 삼아 바구니를 엮어 친구들에게 나누어 주곤 했다. 난로 뒤 바구니 속 땔감 나무 위, 거기 고양이 두 마리가 잠들어 있다. 그 정경이 새해 첫 달 달력에 그려진 그림 같다. 두 놈은 머리를 맞대고 앞발로 서로를 안고 있다. 어미와 딸이다. 때로 꼼작거리면서 서로의 얼굴을 핥아 주기도 한다.

바구니 속 고양이들을 무료하게 바라보면서 한 남자가 난로 옆 의자에 앉아 있다. 동물들은 대체로 제 식구들과 함께 자지만 그 배우자와 자는 경우는 드물다. 인간의 경우는 느끼는 공포도 자는 주기도 동물과는 다르다. 하지만 난로 뒤 고양이들이 서로 즐기는 모습에서는 인간에게도 익숙한 어떤 행복감이 전해진다.

닷새면, 두 놈이 모두 발정하여 교미를 하고, 그 수고양이들은 떠나고, 남은 놈들은 봄날의 먼지 구덩이 위에 등을 대고 길게 기지개를 켜면서 허공에 발을 긁고 고개를 이리저리 흔들곤 했다.

　어느 겨울 밤, 부엌에 혼자 앉아 장-마리가 만든 바구니를 물끄러미 바라보던 남자는, 고양이들이 사랑하는 짝과 함께 자지 않는 것처럼, 동물들의 성(性)은 인간과는 달리, 원래 하나였던 것이 둘로 나뉘거나 분리되는 것과는 무관하다는 데에 생각이 미친다. 인간만이 한 몸이었던 잃어버린 옛날을 그리워한다. 고양이는 혼자서도 만족스런 나른함과 난로 뒤의 따뜻함을 꿈꿀 뿐이다. 다른 놈을 핥아 줄 때도 마치 자신의 몸을 핥는 것과 같을 따름이다.

　남자는 그런 얘기 하나를 기억해낸다.

　처음에, 네 팔과 네 다리를 지닌 흙덩이 하나가 있었다. 어느 날 신은 이것을 똑같이 둘로 나누기로 작정한다. 그렇게 나눈 뒤, 새로 만들어진 둘의 끊긴 자리들을 실로 기워야 했다. 신은 실 한 꾸러미를 가지고 있었다. 이빨로 반이라고 생각되는 곳을 끊었다. 그러나 바로 거기서 실수를 했다. 하나는 길고 하나는 짧았다. 몸 하나를 짧은 실로 기웠는데 둘레를 완전히 다 메우지 못해 틈이 남았다. 다른 실은 너무 길어 매듭을 짓고도 남아 실 끝이 달랑달랑 매달렸다!

　자신이 그 둘 중 어느 쪽인지 생각하면서 난로 곁의 남자는 미소짓는다. 하지만 고양이에게야 누가 그런 실수를 하겠는가. 남자는 통나무 하나를 집어 불 속에 넣는다. 밖은 추웠다. 광석 같은 느낌의 추위였다. 남자는 또 다른 얘기 하나를 떠올렸다.

　신이 인간에게 자유의지를 주고자 작정한다. 자유의지가 생기자마자, 인간들은 필연의 자연법—인과율—에 따라 행동했다. 인간이 만들어 온 모든 얘기들은 따지고 보면 이 법칙이 적용되지 않는 것에 대한 항거인 셈이다.

　노랑과 흰색 무늬의 엄마 고양이가 뒷다리를 들어 검은색 딸

고양이에게 올려놓는다.

삶은 힘들고 참혹해져 갔다. 너무 참혹해서, 특히 여자들의 경우 그런 삶을 다른 이에게 물려 주고 싶지 않을 정도였다. 태어나지 않은 것이 나았고 아이를 낳지 않는 것이 나았기에, 인간은 출산을 중단하려 했다. 신이 성적 즐거움을 주는 행위들을 고안하지 않으면 안 되었던 때가 바로 그때였다. 신은 하나씩 하나씩 그것들을 만들어 갔다. 그때 이후로, 사랑 행위를 하는 남녀는 힘든 현세를 용서하며 내세를 꿈꾸게 되었다···.

남자는 고개를 끄덕이더니 이윽고 턱을 가슴에 묻고 잠이 든다. 불길이 굴뚝 쪽으로 타오르고 있었다.

[26]

샤프카를 쓴 젊은 여인

올가. 이름을 알 수 없기에 나는 당신을 이렇게 부른다. 나이도 모른다. 아마 열아홉쯤 되었을까. 내가 당신에 대해 확실히 아는 것은 당신이 1993년 10월 3일 일요일 저녁 모스크바에 있었다는 사실뿐이다.

당신은 머리에 붕대를 감고 있다. 바로 직전에 죽은 병사에게서 벗겨 쓴 샤프카에 가려 붕대는 잘 보이지 않는다. 병사의 털 재킷과 군용 벨트도 이제는 당신이 착용하고 있다. 아마도 병사의 총도 가지고 있었겠지만 사진에는 보이지 않는다. 마치 당신이 병사로부터 그것들을 물려받은 것처럼 보인다. 병사는 당신 편에서 싸웠다. 루츠코이와 합류하기 위해 경계선을 넘은 카자흐스탄 병사인지도 모른다.

당신은 수천 명의 군중과 함께 거의 비무장 상태로 오스타키노 텔레비전 방송국을 장악하는 과정에서 부상당했다. 당신은 민주주의를 위협한다는 이유로 열이틀 동안 포위되어 있던 벨르이 돔(구소련 의회 건물―역자)에서 열리는 의회를 방어하기 위해 이곳으로 또 왔다.

당신의 얼굴은 창백하고 사려 깊다. 당신의 눈은 멀지도 가깝지도 않은 어떤 것을 뚫어지게 보고 있을 때의 표정을 담고 있다. 몇 시간 전에는 설마 했던 일을 지금 보고 있는 것이다. 치안군 오몬이 발포하고 있다. 크렘린에서는 사망자가 더 나도 좋다는 결정을 내렸다. 저쪽 편에서 지금 화력을 전개하고 있다.

당신은 이를 듣고 벨르이 돔을 방어하기 위해 이곳으로 왔다. 승리냐 패배냐보다 더 중요한 것이 위기에 처해 있기 때문에. 이미 그들이 결정을 내린 이상, 그들이 이기게 되어 있다.

위기에 처한 것은 당신들의 품격, 이른데면 당신네 차고 있는 그 벨트의 품석이다. 당신의 아버지, 아니 어쩌면 당신의 할아버지 군복에서 왔을지도 모르는 그 벨트의 격조다.

지난 이 년간 수천 배 가치가 떨어진 것은 비단 루블화뿐이 아니다. 살아오던 모든 것들이 그 가치를 잃었다. 모든 것이 폐물이 되어 팔려 나갔다. 거리는 한때 가슴 깊이 간직해 오던 귀중품들을 한 덩이의 설탕과 한 켤레의 신발과 바꾸려는 사람들로 넘쳐 났다. 세 세대에 걸친 모든 희생이 이제 자유시장이라는 제단 앞에 희생물로 바쳐지고 있다. 일단 한번 희생되면 순식간에 사라져 버리고 아무것도 남지 않는다. 아무것도.

당신의 격조로 그 무(無)를 거부하기 위해 당신은 이곳으로 왔다.

보도매체들은 당신을 공산주의에 대한 향수로, 민주주의에 대한 위협으로 규정하면서 머리 기사를 뽑고 있다. 기사는, 당신들에 의해 나라가 내전 상황으로 내몰렸지만 —올가, 글쎄 그렇다는군— 다행하게도 서방 정치가들의 지원을 받는 옐친이 이 위기에서 사람들을 구해냈다고 적었다.

하지만 사람들이 간직하는 기억의 길이는 장사꾼들이 생각하는 것만큼 짧지가 않다. 그리고 이런 사실은 당신의 얼굴에서 이미 확인된다. 당신이 어린 소녀인지 할머니인지 지금 그것을 따질 필요는 없다.(역사적 순간에는 때때로 두 세대, 세 세대, 혹은 네 세대까지도 순식간의 짧은 경험 안에 압축되어 공존한다. 역사가 끝났다고 믿는 자들은 이런 사실을 잊고 있는 자들이다) 당신이 벨르이 돔을 지키기 위해 온 것이, 함부르크나 취리히로 가서 창녀가 된 동급생 때문인지, 혹 오십 년 전 스탈린그라드 전투에서 잃은 남편의 기억 때문인지는 알 수가 없다. 이것 역시 당신 격조의 한 부분일 것이다.

자유시장의 장사꾼들과 그들의 필연적 동반자인 마피아는 이제 세상을 저희들 주머니 안에 챙겼다고 여긴다. 그들은 챙겼다. 하지만 저들이 그런 자신감을 계속 지켜 가기 위해서는, 삶을 애

기하고 찬미하며 가치롭게 하는, 모든 언어, 모든 말들의 뜻을 바꾸지 않으면 안 될 터이다. 지금의 그들에 따르면, 모든 말은 이익을 섬기는 종이 되어 있다. 그리하여 그들은 입을 다문다. 아니 어쩌면 어떤 진실도 더 이상 말할 수 없게 되었다. 그들의 말은 진실을 말하기에는 너무 시들었다. 그리하여 기억의 능력도 상실했다. 언젠가는 치명적이 될 상실이다.

올가, 내일이 오면 친구가 붕대를 갈아 줄 것이다.

올가, 1993년 10월 5일 화요일자 프랑스 신문에 난 한 장의 사진을 보지 못한 사람에게 당신을 보여주기 위해, 나는 말로 된 이 포토카피를 만든다.

[27]

식사 테이블에서

살면서 기억 속에 나란히 갈무리되어 있는 두 번의 식사가 있다. 아주 대조적인 두 경우이지만 바로 그 대조적이라는 것 때문에 둘을 함께 기억하고 있는지도 모른다. 어쨌든 이 두 포토카피는 늘 같은 페이지에 기록되어 있다.

첫째 것은 파리 막심에서의 식사다. 연극 일을 하는 러시아 친구들이 전설적인 그 레스토랑으로 나를 초대했었다. 넥타이를 매지 않고 있던 나는 거기 들어가는 데 애를 먹었다. 입구의 바텐더가 서랍을 열어 보이며 넥타이를 하나 고르라 했다. 죄다 어두침침한 색깔이었다. 거울 앞에 선 잠시 동안, 넥타이 매는 법을 잊은 것은 아닐까 생각했다.

마침내 동료들과 합류했다. 우리는 스무 명 정도였고 수도원 식당에서와 같은 기다란 테이블에 앉았다. 이미 손님들이 차지하고 있던 다른 작은 테이블들은 우리와 멀리 떨어져 있었는데, 레스토랑의 장식들이 보여주는 신비감과 잘 어울렸다. 만석의 극장에서, 연극이 시작되기 전의 무대가 보여주는 그런 신비감이었다. 무대의 제일 앞쪽에 우리는 따로 자리하고 있었다.

서로 얘기를 나누며 먹고 마시기 시작했다. 비용 부담을 줄이기 위해 적게 먹으려는 인상을 주면서! 고급 레스토랑에 있다는 생각은 금방 잊혀졌고, 내겐 긴 배를 타고 강을 저어 가고 있다는 느낌이 들었다. 테이블에 앉은 우리들 중간중간에 노 젓는 사람이 한 사람씩 눈에 띄지 않게 있었고, 우리가 잠시 다른 곳에 한눈을 팔 동안만 자신들의 일을 했기 때문에 거의 계속 노를 젓고 있었지만 눈에는 띄지 않았다. 그들은 다름 아닌 웨이터들이었고 접시 하나하나마다 일일이 예측하고 챙기면서 노 저어 가고 있었다.

나는 민새우와 버섯을 채운 혀가자미를 먹었다. 생선에 뿌려진 소스는 젖빛 오팔색이었고 썰어 놓은 매리골드 당근은 얇기가 웨

135

이퍼 같았다.

우리는 아무런 방해도 받지 않고 조화롭게 강을 건너고 미끄러져 내려, 화장용 장작더미를 향해 가는 주검들이었다. 겉으로는 살아서, 맛보고 삼키며, 입을 닦고, 말짱한 정신으로 웃고 즐기며, 뭔가를 기억해내려 하면서 얘기하고 있었지만, 한편으로 우리는 또한 황폐해져(모든 것이 그것을 확인시켜 주었다) 사공의 손에 맡겨져 있었다.

이런 경우 으레 그렇듯, 식사는 알아차리지 못하는 사이에 시간을 넘겨 우리는 허둥대며 택시를 타야 했다. 여자 운전수였다.

막심에서 식사하셨군요. 여자가 웃으면서 물었다. 아직 거기가 본 일이 없어요. 기회가 온다 해도 일생에 한 번 정도 있을 일이겠지요. 안 그런가요? 여자는 그렇게 덧붙였다.

두번째는 스페인의 북서부 끝 베탄소스의 작은 갈리시아 마을에서 있었던 식사에 대한 기억이다. 팔월 중순의 승천절이었다. 그날은 우연히 장날과 겹쳤는데, 마을을 약간 벗어난 축사가 있는 언덕 위에 장날에 여는 간이식당이 하나 있었고, 거기서는 한 가지 음식만을 팔았다.

더운 날씨였고 장은 이미 파했다. 팔리지 않은 소들을 트럭 쪽으로 몰고 가고 있었다. 백작에게나 어울릴 만한 하얀 옷을 아래위로 입은 내 또래의 남자가 못다 판 병아리 상자를 자신의 낡은 푸조에 싣고 있다. 운전석 뒤에는 달걀 꾸러미들이 놓여 있고 갈색 깃털들이 차 바닥에 흩어져 있다. 이제는 먹을 시간이었다. 오늘처럼 상아색 양복과 은빛 넥타이 차림을 한다면, 이 병아리 백작도 막심에 들어갈 수 있을 것 같다.

그를 따라 간이식당으로 들어간다. 콘크리트 창고 건물이었고, 골함석 지붕에다 창은 벽 높이 달려 있었는데, 아스팔트 바닥 위로 각각 손바닥 세 개의 넓이만한 널빤지 세 개로 만들어진 좁은 테이블들이 길게 줄지어 있었다. 이미 이백 명을 훨씬 넘는 사람들이 긴 의자에 앉아 식사를 하고 있다. 병아리 백작처럼 모두가 나들이옷을 차려 입었다.

승천절은 가장 볼 만한 종교 축일이다. 하늘에서의 결혼식을 생각나게 하지만 결혼식보다는 가벼운 분위기다. 사람들은 새 빗으로 머리를 빗고 깨끗한 무명 바지를 입는다. 흰 양말을 꺼내 신고, 아이들은 리본을 단다. 새 모자를 처음 쓰기도 하고 앤젤 구두를 신기도 한다.

베탄소스 마을은 한 세기 전부터 해마다 승천절 자정에 가스버너를 장치한 알록달록한 채색 기구를 띄워 올린다. 성모 마리아가 그랬던 것처럼 기구는 하늘로 오른다. 해마다 이날을 기다리던 수천 명의 사람들이 기구와 기구에 탄 사람들을 눈으로 쫓으며 숨을 헐떡인다. 그들의 그 헐떡이는 숨이 기구의 행로를 도와주기라도 하는 듯이.

다시 식당으로 돌아오면, 입구 맞은편 벽에 나무를 때는 화로들이 늘어서 있다. 화로 위에는 새벽부터 물이 끓고 있는 커다란 구리솥이 놓여 있다. 검은 농부 옷을 입은 여자들이 요리사들로 솥 뒤에 서 있다. 음식 주문이 들어올 때마다 그들 중 한 사람이 김이 오르고 있는 물 쪽으로 허리를 굽혀 익은 낙지를 찍어 올린다.

아주 큰 해바라기만한 놈들이다. 솥에 넣기 전 바위에 두들겨서 고기를 연하게 만든다. 끓는 물에 세 번 넣었다 뺐다 한 다음 익을 때까지 담가 둔다. 세번째 담글 때 살이 빨갛게 변한다.

검은 옷의 여인이 익은 낙지를 구리솥에 넣는다. 이제는 붉은색이 가시고 초록과 하양, 보라 등 가스버너 불빛의 인광을 발하고 있다. 전정가위를 써서 낙지 다리를 동그란 조각들로 잘라낸

137

다. 도장 반지 크기의 조각들이다. 소금과 식초, 기름과 고추를 뿌리고 둥근 나무 쟁반에 올려 내면, 이 낙지 반지야말로 진수성찬이 된다.

여러 사람이 쟁반을 함께 나눈다. 자신이 고른 보물을 나무 이쑤시개로 찔러, 효모의 비밀을 간직한 갈리시아 빵에 곁들여 먹는다.

좁은 테이블에는 각각 나무 접시와 이쑤시개가 든 유리잔, 빵 더미, 그리고 적포도주를 부어 마실 흰 자기 주발이 놓여 있다. 낙지에서는 바다와 뱃사람의 미각이 풍겨난다.

내 뒤에 앉아 모자를 뒤로 젖히고 ―그들은 멀리서도 잘 보이도록 그렇게 쓴다― 흰 주발로 술을 마시고 있는 가축 상인들의 모습이 의기양양하다. 옆 테이블에 앉은 검은 벨벳 옷의 네 살배기 역시 그렇다. 마드리드에서 휴일을 보내려 온 노동자 가족 역시 그렇다. 혼자만 알고 있으려는 익살처럼, 조용하고 넘치지 않는, 거의 억제된 승리감이다. 이런 비밀은 맞은편에 앉아 늙은 여인에게 얘기를 속삭이는 노인의 얼굴에 가장 또렷이 간직되어 있다.

개들도 짖기를 그친 더위 속에서, 낙지를 씹고 있는 입으로 자기 주발을 가져가면서, 나는 물었다. 대체 이들은 무엇에 대해 이토록 의기양양해 하는가 하고. 아마도 그 대답은 이런 것이 아니었을까.

이제 우리 모두는 저마다 차려 입고 이 간이식당을 향해 언덕을 올라왔다. 한 해가 가고 있고 또 여름이 가고 있다. 모두들 여기 다시 왔다. 이 맛난 음식을 위해, 이렇게 이쑤시개 하나씩을 들고, 우리는 여기 이 땅 위에 아직 살아 있다.

[28]

19호실

파리 14구에 있는 프랭탕 호텔. 입구에는 바로 접수부가 붙어 있고 곧바로 좁은 통로가 이어져 있었다. 삼층 19호실. 엘리베이터도 없이 가파른 층계를 올라가야 했다. 스방의 그 방으로 나는 그와 함께 기어 올라가야 했다. 그는 바로 전날 파리에 도착했었다. 우리는 사십 년간 친구로 지내 왔다.

방은 작았고, 좁다랗고 긴 안뜰이 내다보이는 창이 하나 달려 있었다. 화장실이 더 밝다네. 스방이 말했다. 침대와 창가의 옷장 하나 그리고 화장실이 전부였는데, 화장실 역시 옷장 정도의 크기로 그것들이 들어선 방은 빈 자리가 거의 없었다.

보풀이 일어난 분홍빛 침대 커버 위에는 커다란 포트폴리오가 끈에 묶인 채 놓여 있었는데 끈의 일부는 끊어져 있었다. 낡고 후줄근하여 오히려 친근하게 보이는 연노란색 벽지는, 벗지 않고 입은 채 잠드는, 방이 늘 껴입고 있는 조끼처럼 보였다.

오랜 세월을 지내 온 우리 나이에는, 스방이나 나나 친구들 중에 상당히 성공한 사람들이 있게 마련이다. 그 중에는 베니스 비엔날레에 초대되거나 다니엘리 호텔에서 묵는 이들도 있다. 컬러 화보가 곁들여진 단행본을 발행한 사람들도 있다. 다들 좋은 친구들이어서 함께 만나서 떠들고 웃곤 한다. 그러나 우리 둘만을 말하라면, 각자 나름대로의 방식을 고집하면서 고질적으로 유행에 뒤진 사람들이었다. 좀 까놓고 말하면 우린 팔리는 작가들이 아니었다.

우리끼리 있을 때면 그게 무슨 음모 때문이기라도 한 양 영예롭게 생각했다. 우리를 해치기 위한 다른 사람들의 음모가 아니었다. 그런 것은 있을 수도 없다. 음모란 바로 우리들 스스로가 만든 것이다. 그림을 그리는 그와 글을 쓰는 나. 이 우리 둘의 본성 속에 녹아 있는 저항의 정신, 바로 그것이 음모의 실체였다. 우리는 성공이나 실패와는 무관한 삶의 자리에서 살아왔다.

한두 해 전부터 스방은 파킨슨병을 앓고 있었다. 붓을 쥐고 있지 않을 때는 손이 심하게 떨렸다. 나 역시 짚단을 옮기다가 허리를 삐어 좌골신경통을 앓고 있었다.

낡은 옷을 걸치고 거친 손을 지닌 두 늙은이가 거기 19호실 침대 주위의 좁은 공간을 게처럼 옆으로 비적거리면서 움직이고 있었다.

벽에 달린 이십오 와트 전구에는 멜론색 전등갓이 씌워져 있었다. 삼십 년 전, 지금과 비슷한 계절인 8월말쯤에 우리는 보클뤼즈의 멜론밭을 거닐곤 했다. 스방은 화구 상자를, 나는 포이크틀랜더 카메라를 가지고. 무더운 날씨였다. 스방의 농부 친구들이 목이 마를 때는 언제라도 멜론을 따 먹으라고 우리에게 말하곤 했다.

스방은 빛과 공기가 조금이라도 더 들어오게 하려고 커튼을 젖혔다. 나는 남은 끈을 풀어 침대 위에 포트폴리오를 펼쳤다. 스방이 최근에 템페라로 그린, 틀을 떼낸 캔버스들이 나왔다. 펼쳐 보니 캔버스는 침대를 거의 덮었다. 캔버스 하나를 집어 침대 발치에 서 있는 의자에 비스듬히 세웠다. 스방은 계속 서 있었다. 나는 베개께로 가서 조심스럽게 앉았다.

아픈 쪽이 왼쪽이라고 했나? 스방이 물었다.

그렇다네.

이게 첫 그림인가? 바다와 바위가 그려진 그림 앞으로 몸을 기울이며 내가 물었다.

아니, 그건 마지막 것들 중 하나일세. 순서대로 놓이지 않았다네.

내 평가에 대해 거절하는 끼미가 스방에게는 없나. 일종의 호기심을 지니고 있는 듯했다. 그 호기심도 내 의견에 대해서가 아니라, 자신의 작업이 과연 어떤 의미가 있을까 하는 호기심이었다.

그림을 보기 시작했다. 방은 너무 더웠고 우리는 땀을 뻘뻘 흘렸다. 입고 있던 셔츠가 그 방의 벽지처럼 후줄근해졌다. 시간이 정지해 버린 것 같았다. 한참 만에 나는 일어섰다. 허리를 조심하게! 다시 스방의 걱정스런 말. 나는 의자 쪽으로 가서 좀더 자세히 본 후 다시 베개 쪽으로 돌아가 보기를 계속했다.

이 19호실에서 지금 하고 있는 이 일을, 전에 우리는 다른 곳에서 한없이 많이 했었다. 그의 스튜디오에서, 해변에서, 가족들과 함께 보냈던 휴가지의 텐트 바깥에서, 시트로앵 차의 앞 유리에서, 또 벚나무 아래에서. 우리는 말없이 그림들을 보았었다. 뚫어질 듯이, 또 비판적으로. '말없이'라고 했지만 그때 우리는 종종 공기 중으로 떠다니는 음악 소리를 듣곤 했다. 캔버스 위에 그려진 색들과 명암들이, 또 스방의 그림을 특징짓고 있는 억센 붓 자국들이 하나의 음악을 만들어내고 있었다. 그 음악을 지금은 호텔의 작은 방에서 듣고 있는 것이다.

그림들은 틀에서 떼낸 캔버스의 형태로 그가 거쳐 간 집들의 창고와 지하실에 차곡차곡 쌓여, 햇수가 거듭될수록 그 높이가 높아 갔다. 지금 침대 위의 그림들은 오 센티미터가 채 안 된다. 나는 머릿속으로 이 미터 높이로 쌓여 있던 예의 그 그림들을 떠올리고 있었다. 일단 완성하고 나면 스방은 그림을 거들떠보지도 않았다. 그림들을 그저 차곡차곡 쌓아 두기만 했다.

세상에 내보이는 일은 거의 없었다. 아주 약간의 예외가 있긴 했다. 친구들에게 주는 경우가 가끔 있었고, 개인 수집가에게 팔리는 경우도 있었다. 내 기억에 마르세유의 물감 제조업자 한 사람도 그런 경우였던 것 같다. 이런 예외적인 경우를 제외하곤 그림들은 그저 잊혀져 갔다. 아마 그런 식이 맞을지 모른다. 그림이 시작된 곳은 다른 어느 곳도 아닌 들판, 유조차, 차들이 다니는 도로, 그리고 한 마리 강아지일 테니까.

사십 년이 흐르면서 우리는 이런 운명 같은 방식을 하나의 행복처럼 받아들였다. 일단 그림이 완성되어 캔버스가 한번 치워지면 그냥 버려 두는 것이다. 액자도, 화상(畵商)도, 미술관도, 문건도, 걱정도 없이 그냥 버려 둔다. 그저 먼 음악 소리만이 남는 것이다.

결국 그렇게 된다는 걸 분명히 알고 있지만, 그럼에도 새로운 그림들이 완성되면 우리는 어떤 것이 오래 보존할 가치가 있는지 유심히 들여다보는 것이다. 팔릴 그림이 아니었기 때문에 다른 이들에게 영향받을 일도 없었다.

두번째 캔버스가 의자 앞에 세워졌다. 나는 일어나 좀더 가까이 다가갔다.

허리 조심! 스방이 목소리를 좀 높였다.

위에서 내려다본 물에 젖은 바위 그림이었다.

그날에야 비로소 깨달은 것이 하나 있었다. 스방은 세잔이나 피사로처럼 현장에서 사생하는 마지막 화가였다. 스방은 그들처럼 그리지 않는다. 그렇게 해 보려는 시늉도 하지 않는 사람이다. 그저 그들이 그랬던 것처럼 한 손에 붓을 쥐고 눈을 크게 뜨고 무심히 바라보면서 그 자리에 '서 있는' 것이다. 무심히? 그렇다. 어떤 이유 같은 것은 묻지 않고 무심히 바라보는 것이다. 무심함. 바로 이것이야말로 이 화가들에게서 성인의 자취를 발견할 수 있게 하는 것이며, 이것이야말로 그들의 겸손이 전혀 꾸밈없는 것으로 드러나는 까닭이다.

젖은 바위에서 반사되는 빛이 마치 세상에서 처음 그려진 빛인 것처럼 여기 빈 이 붓실 속으로 빛깨 나오고 있었다.

우리는 캔버스 하나하나를 면밀히 살폈다. 땀을 많이 흘려 목이 탔다. 미지근해진 생수로 목을 축였다. 프랭탕 호텔 19호실이 이렇게 강한 주의력으로 가득 찼던 경우는 아마도 전에 없었을 것이다. 벨 일 지방에서 몇 주 동안 그려진 풍경이, 틀에서 떼내어져 가장자리가 하얀 캔버스의 형태로, 우리 앞에 서 있다. 우리는 어떤 조그만 실수 하나도 그냥 넘기지 않으려고 주의 깊게 바라보았다. 한두 군데 놓친 부분이야 있겠지만 이 19호실로 보면 이런 세심한 관찰 또한 첫 경험일 것이다.

스방은 한 번도 앉지 않았다. 화장실로 들어가 얼굴에 물을 끼얹은 것이 한 번 있었을 뿐이다.

푸른 언덕 하나가 옅은 오렌지색 하늘 아래 쟁기날처럼 수직으로 미끄러져 내려, 마치 밭고랑처럼 보이는 캔버스.

늘 달걀을 한 알씩 가지고 다닌다네. 섞어 만들어야 할 물감이 필요할 때를 대비해서지. 생각에 잠긴 채 스방이 말했다.

[29]

반군 부사령관

프랑스 파리 남쪽 교외에 시영(市營) 수영장이 하나 있다. 학기 중에는 이 지역 학교들이 사용하는데 하루 중 몇 시간은 일반인에게 개방된다. 그 일반인이란 대개가 엄숙한 남녀들이어서(모든 연령층의) 검은 고글을 끼고 웃음 한번 짓지 않고 수영장 안을 오간다. 수영장을 길이에 따라 헤엄쳐 가면 사람들과 오십 번은 마주칠 텐데 단 한번 아는 체도 하지 않는다. 오로지 신체단련에만 전념한다.

7, 8월, 학교들이 문을 닫고 수영장이 하루 종일 일반인에게 개방되면 여기에도 뭔가 변화가 온다. 휴가철이 왔어도 어떤 이유에서든 바다로 떠나지 못한 사람들의 물놀이터가 되는 것이다. (그 이유란 대부분의 경우 경제적인 것이다) 독신 여성, 농땡이, 노인 연금 생활자, 아이들에게 수영을 가르치는 젊은 아빠, 그리고 고만고만한 여자 아이들이 손에 손을 잡고 수영장으로 모인다. 유리벽과 타일 바닥으로 된 수영장은 고함과 웃음, 물불 가리지 않는 다이빙으로 시끌벅적해진다.

바닷가에 가면 사람들은 몸에 관대해지고 그 때문에 관심을 끄는 것 역시 몸이지만, 여기서는 관심을 끄는 것이 몸이 아니라 마음이다. 수영복 안의 마음인 것이다. 물 속에 잠겨 있는, 물 밖으로 나오고 있는, 또 물로 뛰어들고 있는 마음들. 모두가 머리에는 의무적으로 수영모를 쓰고 있다. 대머리까지도. 그리고 또 다른 공통점도 있다. 여기 있는 모든 사람들은 그날그날을 소박하게 일하고 배우는 사람들이다.

바깥 벤치에 앉아 햇빛에 수건을 말리면서 방금 뉴욕에서 온 책 한 권을 펼친다. 사파티스타 민족해방군(EZLN)을 위해, 작년 1월부터 6월까지 마르코스 부사령관이 쓴 편지와 성명서 모음이다. 세계적으로 여러 번 알려진 얘기다.

1994년 1월 1일 자정을 기해(늘 그랬듯이 이번에도 역시 뒤늦었다고 마르코스는 독백처럼 말한다) 수백 명의 토착 마야 원주민들은 무기를 들고 멕시코의 가장 가난한 지방인 치아파스 주의 산크리스토발을 점령했고, 자신들의 주장을 관철시키기 위해 연방 정부에 도전하게 된다.

"우리는 가장 초보적인 교육 기회를 박탈당했다. 그들은 우리가 굶주림과 병으로 죽어 가는 것에는 관심도 없이 우리를 대포밥 정도로 이용해 먹었고, 부를 수탈해 갔다. 그들은 우리에겐 정말 아무것도 없다는 것에, 버젓한 지붕도, 땅도, 일자리도, 건강도, 식량도, 교육도 없다는 것에 아랑곳하지 않았다. 자유롭고 민주적으로 선거할 수 있는 권리도 없었고 외지인에게 독립적일 수도 없었으며, 우리 스스로와 우리 자녀들을 위한 평화와 정의도 가지고 있지 못했다. 하지만 이제는 '다' 말할 수 있다!"

열이틀간의 전투 끝에 —그 기간 중 멕시코 공군은 사파티스타 편이라고 생각되는 마을들을 폭격했다— 군사적으로 말하자면 불안한 정전이 합의되었고 싸움은 서서히 교착상태로 빠져들게 된다. 사파티스타 민족해방군이 토착 농민들 상당수의 지지와 멕시코 전역에서 커 가던 시민사회의 성원 가운데 산 속으로 물러나야 했던 한편으로, 사파티스타가 수호하려는 것은 무엇이든 깨부수려고 혈안이 된 막강한 화력과 병력의 정부군과 농장주의 사병들은 반군을 받아들인 산악 앞에서 불안하게 머뭇거리고 있었다.

3월에 이 산에서 부사령관 마르코스는 자기 개를 찍은 사진을 부쳐 준 어린 학생에게 편지를 썼다.

"저들이 입만 열면 우리에게 갖다 붙이는 '폭력 전문가' 라는 말에 대해 얘기하고 싶은 충동을 느껴요. 그래요. 우린 전문가들입니다. 하지만 우리 전문은 희망입니다. …우리의 기진하고 부서진 몸으로부터 반드시 새로운 세상이 일어날 것입니다. …우리 생전에 그 세상을 볼 수 있느냐고요? 그게 중요할까요. 그런 세상이 올 것을 확신하고 있는 한, 또 우리가 가진 모든 것―삶, 몸, 영혼―을 길고 고통스러운 탄생, 하지만 동시에 역사적인 탄생을 위해 바친 것을 확신하고 있는 한, 우리 생전에 이루어지고 아니고는 상관이 없다고 믿습니다. '아모르 이 돌로르(Amor y dolor)'―사랑과 고통― 이 두 낱말은 운만 맞는 것이 아닙니다. 둘은 함께 동맹하여 앞으로 나아갑니다."

아이 하나가 수영장 물 밖으로 나와 물구나무를 선 채 웃음을 터뜨리면서 손을 짚고 걷고 있다. 익살이 계속된다. 프랑스의 공공장소에서는 이제 유머가 사라지고 있다. 그럴 힘이 없기 때문이다. 지쳐 버린 대중들! 하지만 놀랍게도 그 산 속 부사령관은 여전히 그 힘을 지니고 있고, 내 무릎에 놓인 책에는 페이지마다 유머가 넘쳐난다.

그의 문체는 전설적인 것이 되어 있다. 하지만 문체라는 말에 현혹되지 말자. 진정한 문체는 글의 내용과 분리될 수 없다. 문체는 그렇게 쓰고 싶다고 되는 것이 아니다. 작가인 내 자신의 경험에 비추어 본다면, 문체는 글을 쓰고자 할 때 귀기울이게 되는 어떤 내면의 목소리와 따로 떼어놓을 수 없다. 부사령관의 문체에는 머뭇거림 없는 과감함과 소박함이 한데 어우러져 있다.

"우리가 어떤 길을 걸어왔는지 잊지 마십시오. 또 다른 문들이 우리의 이 작은 진실을 받아들이기 위해 열려 주기를 우리는 진심으로 기대했습니다. 이 슬픈 얘기에서 우리는 배워야 합니다.

비록 잠시였을지라도 우리를 중요한 존재로 만들었던 이 말을 잊어서는 안 됩니다. '모든 것을 모든 사람에게, 우리에게는 아무것도 남기지 말고' 라는."

정치적 과격주의를 말하는 과감함이 아니다. 사파티스타는 표방하는 정치적 프로그램이 없다. 그들의 본보기를 따라 전파될, 그들이 희망하는 정치적 양심이 있을 뿐이다. 죽은 자들을 대표하고 있다는 확신, 모든 부당하게 죽어 간 사람들—세계 다른 어느 곳에서보다 더 생생하게 기억되는 멕시코의 죽은 자들—을 대표하고 있다는 확신으로부터(개인적으로 나는 이 확신을 전적으로 받아들인다) 그 과감함은 기인한다. 신비주의가 아니다. 그들은 오랜 세월과 고통을 통해 전해 내려온 다음의 말을 믿으며, 또한 거짓을 싫어한다.

"영원히 죽은 우리가, 이제 살아나기 위해, 다시 한번 죽으려 한다."

봉기 후 스무 달이 지났지만 치아파스의 성과는 불확실하다. 여전히 무장을 풀지 않고 있는 사파티스타는 자신들의 요구사항을 토의할 국내 및 국제적 대중집회를 요구하고 있다. 고작 일 년 전 국제통화기금으로부터 당대의 발전 모델로 칭송받았던 멕시코 경제는 지난 겨울 붕괴됐고, 세계적 위기로 파급되는 것을 두려워한 국제 자본에 의해 겨우 명맥을 유지하고 있다. 이 나라 사상 최대인 오백억 달러의 융자를 받는 대신 멕시코 정부는 석유를 영구 저당잡혔고, 지난 십삼 년간 적용되어 온 신자유주의적 경제 충격 요법을 —경제 활동 인구의 절반을 불완전고용 상태에 빠지게 한— 보다 강화하는 데 동의했다.

멕시코는 외국 투자자들의 신뢰에 악영향을 미치는 사파티스타를 제거해 줄 것을 —특히 체이스맨해튼 은행으로부터— 요청받았다. 육 개월 전, 『포천(Fortune)』은 뉴욕에서 '멕시코를 매입할 순간이 다가오고 있다!' 고 공표했다.

하지만 신문들, 특히 멕시코와 스페인 신문들 그리고 아직은 각국 정부의 단속이 미치지 못하고 있던 인터넷을 통해, 사파티스타의 선언들이 전 세계적으로 점점 더 열렬히 읽히게 되었고, 그들의 입장을 이해하고 지지하는 사람들이 늘어 갔다. 그들의 메시지는 산티아고로 베를린으로 바르셀로나로, 심지어는 파리 교외에까지 전해지고 있다.

산악 속에 숨어 있는 얼굴 없는 수천의 남녀와 의기양양한 세계 질서 사이에, 전례 없던 묘한 이념 투쟁이 전개된 것이다. 비록 '순간이나마' 어떻게 이런 가당찮은 싸움이 가능해진 것일까?

오늘날, 이 행성의 미래에 대한 결정과 이 행성이 사람들에게 무엇을 제공하고 거부할지에 대한 결정이, 세계의 어떤 정부보다 더 많은 돈을 주무르면서 이윤의 증가를 유일한 기준으로 삼아 모든 것을 결정하는 인간들, 선거에 의해 뽑히지도 않은 그런 일련의 인간들에 의해 내려지고 있다는 사실에 직면하는 사람이 전 세계적으로 늘어가고 있다.

그들이나 그들의 이데올로기적 추종자들 외에는, 지난 오 년 동안의 행적을 지켜 본 사람 중에 저 의기양양한 자유시장의 약속을 믿을 사람은 아무도 없다. 어느 날 새벽 네시에 눈을 떴을 때, 그들 내심에서는 그 제도에 금이 가고 있다는 사실을 알게 된다. 새벽에 일어나 다시 한번 머리를 숙이고 실패하지 않을 방도를 궁리한다. 하지만 이미 의심은 시작되었다. 그리고 그 새벽 네시, 부사령관 마르코스는 우리에게 말을 건넨다.

나는 벤치에서 일어나 플라타너스 그늘을 따라 길을 걸었다.

지나치는 사람이 아무도 없었다. 첫 낙엽이 떨어지고 있다. 채소를 사러 길모퉁이 가게에 들렀다. 나보다 약간 나이가 적은, 반바지를 입은 수염 기른 사내가 레바논 출신의 가게 주인 앞에서 무언가를 웅얼거리고 있었다. 너무 익어 팔 수 없게 된 검게 변한 바나나 한 봉지를 주인이 그냥 준 것을 알 수 있었다. 사내는 이제 깡통 한 개의 값을 치르려고 동전을 세고 있다. 개 사료용 커다란 고기 통조림이었다. 그의 손은 그가 노숙자임을 말해 주고 있었다.

부사령관은 자신이 추신(追伸)을 즐겨 덧붙이는 이유를 이렇게 설명한다.

"손가락 사이에 무언가 남아 있다고 느끼는, 문장을 이루기를 원하는 낱말들이 아직 남아 있음을 느끼는, 영혼의 주머니를 완전히 다 비우지 않았다고 느끼는 그런 때가 있다. 그러나 무슨 소용이랴. 대체 어떤 추신이 다 담아낼 수 있겠는가. 그 끝없는 악몽을, 그 다함 없는 꿈을…."

존 버거(John Berger, 1926-2017)는 미술비평가, 사진이론가, 소설가, 다큐멘터리
작가, 사회비평가로 널리 알려져 있다. 처음 미술평론으로 시작해 점차 관심과 활동
영역을 넓혀 예술과 인문, 사회 전반에 걸쳐 깊고 명쾌한 관점을 제시했다. 중년 이후
프랑스 동부의 알프스 산록에 위치한 시골 농촌 마을로 옮겨 가 살면서 생을 마감할
때까지 농사일과 글쓰기를 함께했다. 주요 저서로 『다른 방식으로 보기』 『제7의
인간』 『행운아』 『그리고 사진처럼 덧없는 우리들의 얼굴, 내 가슴』 『벤투의 스케치북』
『우리가 아는 모든 언어』 등이 있고, 소설로 『우리 시대의 화가』 『G』, 삼부작 '그들의
노동에' 『끈질긴 땅』 『한때 유로파에서』 『라일락과 깃발』, 『결혼식 가는 길』 『킹』
『여기, 우리가 만나는 곳』 『A가 X에게』 등이 있다.

김우룡(金佑龍)은 서울대 의대를 졸업하고 미국 뉴욕 국제사진센터(ICP)를 수료했다.
현재 가정의학과 전문의, 사진가, 칼럼니스트로 일하고 있다. 저서로 『꿈꾸는 낙타』
『의학의 틈새』가 있고, 편저로 『사진과 텍스트』 『힐링 포톤』이 있으며, 역서로
『의미의 경쟁』 『사진의 문법』 『낸 골딘』 『유진 스미스』 『마누엘 알바레스 브라보』
『나는 다다다』 등이 있다.

존 버거의 글로 쓴 사진
김우룡 옮김

초판1쇄 발행 2005년 3월 1일 **초판9쇄 발행** 2023년 2월 20일
발행인 李起雄 **발행처** 悅話堂 경기도 파주시 광인사길 25 파주출판도시
전화 031-955-7000 팩스 031-955-7010 www.youlhwadang.co.kr yhdp@youlhwadang.co.kr
등록번호 제10-74호 **등록일자** 1971년 7월 2일
편집 조윤형 오선미 **디자인** 공미경 **인쇄제책** (주)상지사피앤비

ISBN 978-89-301-0097-7 03840